D1827456

LE DESTIN DE IOURI VORONINE

HENRIETTE JELINEK

Le Destin
de Iouri Voronine

ROMAN

ÉDITIONS DE FALLOIS

© Éditions de Fallois, 2005.
ISBN : 978-2-253-11818-3 – 1re publication – LGF

À Brigitte et Peter Schermuly.

« Dieu trouve des défauts
jusque dans ses anges. »

Job 4, 18.

I

Moi, Iouri Voronine, un pauvre type qui a raté tout ce qu'il eût fallu réussir, je suis comme un milord dans une maison de milliardaire.

Pendant cinquante ans, Genia, ma femme, et moi-même avons vécu dans une rue de Chicago où il était encore possible de parler le russe. On avait la misère à Novgorod, on l'a eue aussi à Chicago ; mon cousin Pavlov m'avait assuré qu'en Amérique il ne fallait que se baisser pour ramasser des dollars. En fait, nous nous sommes échinés à frotter le parquet crasseux d'une chambre-cuisine. Ma femme a dû oublier son prénom, Svietlana, c'est-à-dire « Clarté », pour s'appeler Genia, que personne n'estropiait. Mon fils Miroslav « la Paix glorieuse » a refusé ce prénom et même son nom, un peu plus tard.

— À l'école, ils m'appellent Joe.

Bien, très bien, on l'appelait Joe. Aujourd'hui, il est connu sous le nom de Joe Carson Lincoln, il appelle le dollar « mon Benjamin Franklin », ne connaît que cet ami, le dit : « Ça, c'est mon ami, tout le reste un bol de merde ! »

Genia et moi, on n'a jamais su ni pu dire la même chose. Chez les riches où nous étions placés, Genia comme bonne, moi comme valet de chambre, le « Benjamin Franklin » servait surtout à s'ennuyer, boire, s'enfuir aux quatre coins du monde.

Un jour, j'ai dit à Genia :

— Tu supportes une vie pareille ?

— Non.

— Allez, partons.

Je me suis fait jardinier, je bêchais des plantes qui avaient l'air de me dire : « Mais tu ne vois pas que tu nous empêches de vivre ! À force d'être brossées, on dépérit. » À l'automne, je courais avec mon balai derrière la moindre feuille morte, il fallait que la pelouse restât nette, toujours verte, pas d'autre couleur.

— Voyons, faites attention, vous en avez oublié encore une au coin de la véranda !

Madame m'a chassé, je me suis retrouvé aide-jardinier d'un Japonais qui ne me laissait qu'arroser ; vingt, trente, quarante mètres de tuyau, autant qu'il en fallait pour s'enrouler autour des buissons. C'était un fanatique de l'eau, je devais tout inonder, alors il avait l'air content. Il m'interdisait le balai :

— Non, non, ça abîme le poil du gazon.

C'est donc avec le jet d'eau que je chassais les feuilles mortes, accroupi, le jet à hauteur de la pelouse.

— Oui, oui, c'est ça, disait le Japonais.

Le soir, j'avais les reins brisés.

Pendant ce temps, Genia travaillait dans une blan-
chisserie chinoise où le patron gazouillait l'américain.

Le patron la regardait d'un œil incertain :

— Z'ou z'êtes un peu folle, z'ou !

Le soir seulement, tous les deux, dans la chambre-
cuisine, nous avions le droit de dire ce que nous avions
envie de dire. Nous reprenions notre langue natale.
En préparant le souper, il arrivait à Genia de chanter
à voix retenue à cause de la cloison trop mince :

> Loin du pays de nos pères,
> De la Volga notre mère,
> Nous nous sommes rassemblés
> Sur cette terre étrangère
> Pour chanter la liberté
> Pensons à notre patrie
> À nos monts, à nos prairies
> Étrangers à ce pays.

Je l'entends encore, on oubliait tout. Parfois même,
en reprenant certaines histoires de Novgorod, on riait
beaucoup.

À la naissance de Miroslav, on a été pleins de
rêves. Il serait bon, il parlerait le russe, il serait digne
de nos croyances, on économisait tout ce qu'on pouvait pour qu'il ait une bonne éducation. On est allés
jusqu'à divaguer, penser qu'il pourrait avoir un poste
en Russie et, par lui, on aurait quelques nouvelles du
pays, de notre ville, de la famille. On ne savait même

plus comment retenir nos rêves, à l'un s'ajoutait l'autre…

À part « papa et maman », je crois que Joe n'a jamais connu d'autre mot russe. C'est nous qui avons dû aller à l'école du soir pour chercher à comprendre pourquoi il avait le diable dans la peau. Joe est né menteur. Il avait toujours de belles explications à fournir et c'était sans cesse de pures inventions. S'il disait : « Je suis allé faire mes devoirs chez un copain », c'est qu'il était allé voler avec sa bande, tous des gosses d'une dizaine d'années. À seize ans, il est parti dans une maison de redressement pour trois ans. Vol et viol. Libéré, on ne l'a plus revu, parfois des cartes postales : « Je vous embrasse », d'un petit peu partout, surtout il faut bien le dire des États de l'Ouest. On aurait pu déménager, mais non, on est restés dans notre pièce parce que c'était là qu'on l'avait élevé. Il n'est pas venu à l'enterrement mais a couvert de fleurs le cercueil de sa mère. Trois jours après, il était devant moi :

— Mon Dieu, que c'est moche ici !

Il venait me chercher, il fallait que je quitte tout.

— Qu'est-ce que tu veux faire de toutes ces hardes ?

— Mais quand même, la petite icône de ta mère, et le vieux samovar ?

— Tu en auras d'autres.

Il a hésité à peine une seconde :

— Et puis, il faut aussi qu'on aille voir un juge.

— Voir un juge ?

— Oui, oui, il nous attend pour signer.

Il m'a pris par les épaules, m'a donné un bon sourire rassurant :

— Allez, papa, ce n'est rien du tout !

Mon fils m'a fait signer que je ne m'appellerais plus jamais Iouri Voronine, mais Erle Carson Lincoln. On aurait dit que je sentais le mauvais coup, je me suis arrêté net sur le trottoir, devant les marches à gravir.

— Je vais signer quoi ?

— Ton départ.

— Mais c'est au propriétaire que je dois dire que je m'en vais.

— Tttt, ne t'occupe pas de ça, mon homme d'affaires a tout arrangé.

J'aurais pu, bien entendu, dire au juge : « Mais je ne veux pas, je suis né avec ce nom et je le garde. » Seulement, il fallait dire que mon fils était un menteur, qu'il m'avait trompé jusqu'à la dernière minute. De toute façon, le juge n'aurait cru que mon fils, à en juger par le respect qu'il lui témoignait :

— Oui, Monsieur Carson Lincoln… Parfaitement, Monsieur Carson Lincoln.

C'est comme ça que j'ai perdu mon nom et que, pour la première fois de ma vie, j'ai voyagé en première classe d'un avion avec un billet au nom d'un étranger.

À l'aéroport, avec mille grâces, on nous a conduits dans un salon. On viendrait nous chercher là, nous monterions dans l'avion au dernier moment, pour ne pas être incommodés.

— Comment vous appelez-vous ? m'a demandé l'Américaine assise près de moi.

Joe m'a poussé du coude.

— Erle Carson Lincoln.

Elle s'est mise à rire :

— C'est adorable, Erle, c'est un petit lutin, un elfe. Est-ce que vous êtes un petit lutin ?

Joe n'est plus « la Paix glorieuse », Genia n'a pas pu être « la Clarté » et moi, je suis devenu un petit lutin.

Je regardais Joe qui n'a pas bronché, avait l'air de faire des calculs, une petite mallette sur ses genoux. Il n'est d'ailleurs pas le seul, ils sont bien trois ou quatre à en faire autant. Joe m'a appris qu'il n'était pas millionnaire, mais milliardaire, alors, pourquoi ne prenait-il pas une minute pour regarder la mer de nuages sur laquelle on voguait ? C'est beau pourtant.

Mais c'est en arrivant à Los Angeles que j'ai un peu compris. Il a fallu appuyer sur un bouton pour rentrer chez soi, on a été même observés en télévision par Kitty, l'immense domestique noire, avant que la grille ne s'ouvre. Tous les deux, on a traversé un parc, un jardin japonais de rocailles et de petits canaux et de petits ponts. J'ai vu un kiosque à musique, un parquet…

— Qu'est-ce que c'est ?

— Un plancher de bal.

Puis de grands arbres centenaires, une pelouse aussi grande qu'un champ et puis des massifs de fleurs, des buissons, des arbustes, des dépendances, un grand chalet, un autre plus petit. Je ne me rappelle plus par quelle porte on est rentrés.

Kitty est gentille, on a pu un peu parler :

— Vraiment, mon fils est un milliardaire ?

— Oui, Monsieur, oui, il est très puissant.

Un jour, je vais lui montrer mes vieux papiers d'identité. Car je les ai gardés en cachette, ils sont là, ils ne me quittent pas. Ils sont rangés avec mon chéquier et mes papiers de banque. Je fais bien attention à eux et, chaque soir, j'ai ma cache. Toutes mes économies sont là. J'ai de la patience, beaucoup de patience.

Il n'est pas facile de s'expliquer avec mon fils. Dès le premier jour, j'ai créé un scandale. On m'a demandé :

— Qu'est-ce qui vous ferait plaisir ? Dites-moi, Monsieur Joe m'a demandé de m'occuper de vous.

— Ce que je veux, c'est une bicyclette.

Il y a eu un silence de mort à l'autre bout du fil. La secrétaire cherchait un moyen de s'en sortir. Elle l'a trouvé :

— Ce n'est pas possible, a-t-elle dit. Je vais vous commander une limousine.

— Mais je n'en veux pas !

Comment expliquer à Joe puisque je ne le vois pas ? Il part très tôt, il revient quand sont allumées toutes les télévisions de la maison. À table, il y a sa femme ou des invités. Je ne sais pas comment faire ! J'ai eu envie de partir un matin, d'aller vers les allées du campus. L'université de Californie n'est pas loin de la maison. Mais c'est impossible, il ne faut pas.

Joe me l'a confirmé :

— Voyons, tu as tout ce qu'il faut ici ! C'est si dangereux de sortir dans l'avenue.

À Chicago, on ne peut pas dire qu'on était en sécurité, je l'ai bien connu, moi, le temps des gangsters ! Ça me fait penser qu'Al Capone a gardé son nom, lui, au moins ! Ça, je l'ai sur le cœur, je veux reprendre mon nom, je le veux !

Ce matin, je me réveille tout couvert de riz. Le rêve colle à ma peau, je regarde les draps, mon pyjama, il n'y a de grain nulle part. Je me souviens que dans le rêve, je voyais, par la fenêtre, la tête du boucher chez qui Genia allait chercher sa viande.

— Moi, disait-il, je tue sans haine ni amour.

Jamais je ne m'étais senti aussi riche et aussi pauvre. Je baignais dans la joie.

Qu'est-ce que ça veut dire dans la clef des songes « être couvert de riz » ? Je cherche, je cherche, en regardant ma belle-fille, allongée sur le ventre au bord de la piscine. Ses reins sont cambrés, à moitié couverts par de lourds cheveux bruns.

Où sont mes lunettes pour m'empêcher de loucher ? Non seulement elles sont correctives, mais encore elles doivent me donner les yeux d'un jeune homme. Joe m'a fait passer toutes sortes d'examens, je dois être solide, pas gâteux (j'ai des pilules pour ça), bien voir et aussi bien entendre. D'ailleurs, je n'ai rien, je suis intact, le sang comme il faut, le poumon au bon souffle, l'articulation souple.

Joe s'inquiète pourtant :

— On ne sait jamais à ton âge ! répète-t-il. As-tu au moins pris toutes tes vitamines ?

Je dis oui, je dis oui à tout, j'enlève mes lunettes quand il n'est pas là. Tiens, les voilà sous un journal. Je les mets, et la peau de Mary se rapproche, luisante et lisse. Ses reins se cambrent davantage, elle doit savoir que je l'observe. C'est une garce, je n'en voudrais pas pour tout l'or du monde, cinquante-quatre à cinquante-cinq kilos de viande pour le moment affalés et qui, lundi, attendront le coup de téléphone de Neal, l'homme d'affaires de Joe. À midi juste, la secrétaire de ce Neal est là avec l'enveloppe pour Mary, rétribuée comme l'est Kitty, la servante noire, ou le jardinier qui ressemble à mon ancien patron horticulteur, plantant des massifs entiers de fleurs épanouies, remplaçant des arbustes qui n'en ont pas besoin, trichant même sur la nature des arbres.

Son aide, c'est un Portoricain. Lui aussi, comme moi autrefois, est « le jeteur d'eau ». Il inonde tout, fait crever le jardin. Mal payé sans doute, il semble le complice de l'autre. Sans manière, il n'hésite pas à vous faire trébucher sur les tuyaux : il ne faut pas être dans son passage. Il lui est arrivé de m'arroser lorsque j'étais assis au bord de la piscine, un jour particulièrement cafardeux. Que pense ce Portoricain ? Lui sommes-nous indifférents ou nous déteste-t-il ?

Volé, Joe est content, il est entouré de serviteurs et même Kitty, qui est franche, change de ton en lui parlant. Il leur fait peur, ils tiennent à leur place. Joe est encore plus content d'avoir épousé la célébrité ; le père de Mary est un des plus grands chercheurs de ce pays (en biologie, je crois) ; le mariage a fait beaucoup de bruit dans les journaux, ils étaient photographiés un petit peu partout, donc elle mérite sa pension hebdomadaire. Joe n'est pas généreux, il regarde même si John, le mari de Kitty, ne lui prend pas un peu de son eau de Cologne. Kitty, l'autre jour, était folle de rage :

— Il a mis un petit cordon pour vérifier le niveau de son eau de Cologne, mais il oublie de baisser le niveau du petit cordon !

Je pourrais répondre à Kitty de le dire à Joe, mais elle ne le fera pas.

Mon fils, à mon avis, n'est pas très fort. Il croit l'être parce qu'il achète tout : joie, sentiments, désirs, travail, à coups de billets de cent dollars. Kitty en veut, donc elle se taira et obéira. Mary aussi. Quelquefois je me raconte une histoire bête : je vois mon fils marié avec une brave fille.

— Veux-tu une bague ?

— Oh non, c'est trop cher !

Cette réponse serait celle d'une bouseuse et Joe se sentirait mal à l'aise. Elle le prendrait pour un type qui a peur de l'avenir, à qui on ne peut pas faire confiance. Pis que cela encore : qu'est-ce qu'ils diraient, les autres, de lui voir une femme qui n'a pas de bague ?

Je ne sais même pas s'il aime cette maison avec ses vingt-cinq pièces, toutes plus riches les unes que les autres, ses statues, ses collections de tableaux, ses miniatures chinoises, ses ambres, son or et son argent. Il m'a donné un samovar en or et une icône sertie de pierres, datant d'avant Pierre le Grand. Ça ne me fait ni chaud ni froid.

Le regard de Joe dit :

— Je vous emmerde, mes petits, vous m'enviez, vous me jalousez, je vous rends fous de haine, tant mieux, j'aime ça, et ne vous avisez pas de me toucher, je vous briserai.

Mary bouge, elle se met sur le dos, me montrant un ventre plat au nombril très creux. Les cuisses sont superbes, c'est un beau cheval. Au début, je me souviens, il y a trois ans à peine, ils jouaient aux amoureux, il la prenait par la taille, elle l'enveloppait de ses bras, et ils s'embrassaient sur la bouche, un peu partout, devant tout le monde. C'était comique et indécent, la comédie des âmes pauvres, c'était laid. Maintenant, il la regarde à peine, lui parle peu. Nous vivons presque dans le silence.

Mary appelle de la main la petite merlette que j'ai surnommée « Grand Amour », qui refuse tous les mâles, sauf un, plutôt laid, qui n'est pas venu depuis trois jours. Grand Amour sautille, énervée, refusant de quitter son dossier de chaise, appelant de temps à autre. Celui qu'elle attend ne vient pas, ceux qu'elle ne veut pas l'entourent, et elle les rabroue en piaillant méchamment. Brusquement, elle s'envole, passe au-dessus de la piscine, se pose sur une dalle, regarde l'eau, se décide, passe à nouveau, se laisse tomber une seconde sur la surface où elle s'agite, tout étonnée, pour revenir sur son dossier ébouriffer quelques plumes humides.

Je suis prêt à lui chanter une vieille mélodie russe :

Je préfère à vos bonbons
D'autres gourmandises
Picorer des moucherons
Les graines du buisson

Mais si cette femme m'entendait ?

— Croyez-vous qu'un merle puisse se poser sur l'eau ?

Elle m'a parlé ! J'en reste tout saisi et j'entends ma voix comme celle d'un autre :

— Une mouette, oui.

— Ah !

Elle me trouve ignare, elle ne croit pas Joe lorsqu'il raconte que j'étais entrepreneur, avec six jardiniers qui travaillaient pour moi. Il a menti encore. Pourquoi m'entretient-il ? Je ne lui suis d'aucun profit, je coûte, il ne peut me présenter à personne, ou à si peu. Je suis aussi insolite que mon samovar en or.

Mary, c'est autre chose, elle s'est installée sur le plateau d'une balance, elle a regardé le fléau de cette balance. Combien valait-elle, Aga Khan femelle, en fonction de la réputation de son père ? Et si je lui flanquais un énorme coup de pied dans les reins ? *(Elle roule, elle tombe à l'eau, je m'y jette et tombe sur elle. Je la maintiens au fond, elle crève.)*

25

Elle laisse tomber le jus d'un citron au-dessus de ses cheveux qu'elle lisse des doigts ouverts de son autre main. Elle espère ainsi les protéger contre l'antiseptique de la piscine. Elle va donc se baigner. Son geste est harmonieux, fait ressortir la beauté des épaules.

— Elle est belle, dit Kitty derrière mon fauteuil.

Kitty est entrée sans bruit comme d'habitude, les épais tapis feutrent ses pas :

— À votre avis, peut-être.

— Pourquoi, alors, la regardez-vous ?

— Moi, je la regarde ?

— Vous avez même mis vos lunettes !

— Alors, donnez-moi du thé.

— Oui, Monsieur.

Elle a voulu me faire plaisir, elle n'a pas dit « Monsieur Carson Lincoln », on se réconcilie tout de suite.

Kitty avoue :

— Elle est belle, mais elle est fantasque, je ne m'y fie pas et j'ai raison.

Un peu plus bas :

— Égoïste comme ce n'est pas possible !

— Une chienne.

— Ha, ha !

Kitty s'étrangle de rire, je la provoque :

— Et si je répétais ce que vous avez dit ?

Elle me regarde, la tête penchée un peu de côté, l'air de me plaindre :

— Ce serait peut-être l'occasion de revenir à New York. Je suis de l'Est, moi ! Des fois je me sens nostalgique, mais il y a beaucoup de chômage là-bas.

— Ici aussi.

— C'est pas la même chose, du tout.

Brusquement :

— Votre thé refroidit.

Elle s'active à étaler la confiture sur les toasts, elle me tend le jus d'orange :

— Il faut manger pour vivre.

Elle rit, on se demande pourquoi.

Le petit dormait dans notre chambre, et Genia disait :

— Non, je t'en prie, s'il nous entendait !

Alors, on faisait l'amour, nos jours de congé, le samedi quand il était à l'école, et le dimanche parce qu'il allait au volley-ball.

— Je serai un grand joueur, je serai puissant, j'aurai beaucoup d'argent.

Il était si petit. On riait parce qu'on ne savait pas qu'une graine germait en lui, une mauvaise graine à mon avis. C'est ici qu'il a attrapé *ça*, une sorte de virus. Ça ne vient pas du tout de chez nous ! Parce que, dans l'isba, on n'avait aucune raison de vouloir être puissants. On était heureux avec la neige et le feu qui nous faisait chaud.

— Hé, hé, où êtes-vous ?

Kitty doit penser que je suis un peu gâteux. S'enfoncer dans les souvenirs, c'est quitter le présent qui est seul important ; on peut être roulé, si on n'est pas toujours attentif à ce que dit l'autre :

— Alors, vous la voulez, votre tranche de citron ?

— Oui.

J'ai une idée baroque :

— Kitty, si je vous donnais dix mille dollars ?

— Vous n'allez pas me les donner puisque vous ne les avez pas !

— Qui vous dit que je ne les ai pas ?

— Je le sais, c'est votre fils qui est riche, pas vous !

Elle me fait rire, j'avale mal, je hoquette, je tousse, elle me tape dans le dos :

— Par Jésus, tu ne l'as plus, par Jésus…

Mary passe devant la porte-fenêtre, les bretelles de son soutien-gorge défaites et glissant au haut de ses bras. Je vois ses seins, Kitty aussi dont la main s'immobilise sur mon dos avant de s'en aller, un peu morte, jusqu'à se poser sur le rebord du fauteuil.

Mary est passée, on voit encore un bout de la cordelière rouge de son peignoir qui traîne à terre.

— Kitty, ça vous rend l'œil encore plus vert ! Vous êtes en colère ? Peut-être qu'elle vous fait peur, hein ?

— Cette…

Elle s'arrête court, j'insiste :

— Dites-le.

— Non.

— Allez !

— Non.

Je suis en colère :

— Oui, ils sont verts, vos yeux, comme ceux d'une Irlandaise.

— Non, ils sont bleus, les yeux d'une Irlandaise.

Kitty ne veut plus jouer, elle s'empare du plateau.

— Essuyez votre bouche, elle est pleine de confiture.

Elle part, emportant le plateau comme s'il s'agissait d'un dé à coudre.

C'est le vide. Qu'est-ce que je vais faire ? Mary a laissé une grande tache humide sur les dalles de la piscine. Grand Amour piaille, elle a certainement soif et je vais faire une petite mare en ouvrant le robinet. Dans le creux de mes mains, l'eau coule doucement, s'échappe, va serpenter sur le bord de la pelouse. Et puis, je rejoins mon fauteuil. Qu'est-ce que je vais faire ?

Le soleil s'en va, laissant quelques ombres. Un papillon vole avec désespoir, essaie d'éviter la terre, mais s'en approche de plus en plus jusqu'à se poser, exténué, au pied du poteau de la véranda, presque en face de moi. Il ne bouge pas, un peu en déséquilibre, appuyé sur l'aile. Papillon d'un jour parmi tant d'autres qui viennent à la douzaine mourir à l'ombre de la véranda. Pourquoi là ?

Je tente l'impossible, je vais droit sur celui-ci, je le ramasse, il vibre à peine. Je souffle légèrement dessus, il a peur, prend son envol, descend en piqué, ne bouge plus. J'ai réussi à le faire mourir plus vite.

Je me mets à divaguer sur ces papillons, morts aussitôt que nés, et je n'apprends rien d'intéressant. Il faudrait un livre, mais je n'ai pas été élevé pour lire dans les livres. Et je suis presque content en entendant frapper à la porte :

— Tu veux dîner avec nous ce soir ?

— Oui, je veux.

Joe me regarde, l'air étonné :

— Il y a Madame Williamson, tu sais, cette pianiste ?

— Oui, je veux.

— Très bien.

Il va refermer la porte.

— Joe, je pourrais te parler un peu ?

— Pas maintenant, il y a les informations.

Les six télévisions sauf celles du circuit intérieur braquées sur la grille d'entrée sont en marche, sur la même chaîne et sur le même programme. Un jour, j'ai vu Joe se déplacer d'une pièce à l'autre, rattrapant l'image d'une télévision à l'autre, ne perdant pas une miette du programme.

— C'est bon pour les affaires, m'avait-il dit en passant.

Maintenant, c'est Carter qu'il observe. Il a fichu à bas la vitalité américaine, avec ses idées de boyscout. Joe l'appelle « cacahouète », il n'aime que Nixon qui est peut-être un salaud mais lui, au moins, connaissait bien les besoins de l'Amérique ! Il agissait en fonction de l'Amérique, pour l'Amérique, et c'est bien tout ce qu'on demande à un Président.

— Qu'est-ce qu'il vient foutre ici depuis dix ans qu'il est parti ? grogne Joe. Tiens, regarde-le, mais c'est qu'il se croit une mission cet abruti !

Joe tend un bras vengeur vers l'image. Si ce bras tenait un revolver, je ne donnerais pas cher de la peau de ce pauvre Carter.

— Il nous emmerde à prêcher sempiternellement. Le bien, on sait ce que c'est, c'est en avoir plein les poches.

Je suis toujours dans mon fauteuil. Joe, en costume de ville, arrive devant moi, l'œil consterné.

— Mais papa, ça ne se fait pas, il faut t'habiller pour le dîner, il faut mettre ton costume noir, voyons !

Je devrais lui dire : « Écoute, mon petit, je ne suis pas bien ici, c'est trop riche, ça me donne froid au cœur. À force de respecter la parade, on y laisse la vie, enfin je parle surtout de la mienne parce que tu as l'air heureux, toi Joe, et tant mieux, mon petit, mais laisse-moi repartir chez moi. »

— Fais attention, papa, tu boutonnes mal ta chemise.

C'est lui qui m'aide, j'ai refusé qu'il appelle Kitty, ce n'est pas à une femme de m'aider à passer mes pantalons. Joe m'aide, il doit m'aimer. Je regarde ses yeux, ils sont brillants. Quand il était chez nous, je voyais un regard sans lueur comme s'il s'étudiait lui-même, et que les choses de la vie ne lui faisaient ni chaud ni froid ou alors il se mettait à hurler contre les riches, contre leurs biens. Il les voyait (et son regard devenait rancunier, quémandeur) dans des challenges où ils avaient toujours raison ; on avait peur de leur pouvoir, c'était des bourreaux, on devenait serviles et on disait amen. Il est riche, Joe, aujourd'hui, il n'a cherché qu'à les imiter et il a dû tout oublier de son enfance puisque ses yeux brillent. Mon Dieu, quel gâchis !

Mes lèvres s'agitent, je vais parler mais elles s'arrêtent, je n'ai pas de mots. J'ai perdu mon fils presque depuis qu'il est né, alors, quoi dire ? C'est trop long, trop difficile, et il n'en sortirait rien du tout.

— Pressons-nous, dit Joe, allez, viens.

On est tous les trois sur le perron d'entrée, Joe, Mary et moi. Kitty a éclairé tous les massifs, le jardin a trop d'éclat sous un ciel très doux où dorment les étoiles. Je regarde Mary, un peu loin de nous, bien coiffée, dans une robe bleue superbe. Elle est là seulement pour être polie, respecter les bienséances. Tout à coup, j'ai une fugitive émotion : « Et si elle souffrait, elle aussi ? » Non, je suis un idiot, tirons un trait. Je me dis méchamment que c'est plutôt une putain de bas étage.

Comme c'est moche ce que je suis en train de voir. Madame Williamson caquette : « Chérie, oh chérie », en pressant Mary contre elle. Joe se montre trop câlin et moi, je n'entends que des « Monsieur Carson Lincoln, Monsieur Carson Lincoln » et encore « Monsieur Carson Lincoln ». Je rêve, le murmure devient indistinct et je n'entends plus rien.

Il y a encore six mois, Mary disait à Joe, en face de lui à table :

— S'il te plaît, tes coudes !

Joe répondait :

— Puisqu'il n'y a personne !

La face de Mary restait impassible, elle se détournait légèrement pour ne pas le voir, les coudes affalés des deux côtés de son assiette.

Aujourd'hui, Joe manie adroitement sa fourchette et son coude bien levé en face de Madame Williamson qui continue à caqueter, oie gavée de mots, rapportant les derniers potins de Los Angeles.

C'est curieux, car je la vois plutôt comme une mémère qui préparerait des laitages pour ses petits-enfants. Nom de dieu, que j'en ai assez ! Je me plains, mais je suis un lâche : pourquoi ne pas me lever, crier que je m'en vais ! À cet instant, le téléphone sonne, Joe se lève. Mon fils n'est même plus là, le seul pour qui je suis ici, pour le voir un peu, pour me dire que je le juge trop mal ; je ne vais quand même pas me laisser aller, éclater en sanglots devant ces deux bécasses ! Je refoule mon chagrin et je continue de manger malgré mon peu d'appétit.

Joe revient, le visage convulsé :

— Neal est en taule.

Son homme d'affaires a été pris pour un autre qui a tué sa maîtresse. L'assassin avait la même Continental grise et Neal ressemble au portrait-robot du meurtrier.

— Ils l'ont arrêté au moment où il venait ici. Sa femme vient d'être relâchée, mais ils ont gardé Neal.

Il repart en s'excusant vers son téléphone.

Neal, c'est le vieux frère, celui à qui il ne faut pas toucher ; Joe en parle avec admiration : « Il sait toujours ce qu'il fait. Jamais il ne se trompe. »

Neal sortira demain avec les excuses de la police. Comment a-t-on osé toucher à Neal ? Les visages sont compassés, sauf celui de Mary. Elle ne l'aime pas et il ne l'aime pas. À son point de vue, il peut pourrir en prison. Il paraît qu'il avait dit à Joe :

— Comment, tu veux cette poupée pour la vie ? Mais, mon vieux, ce n'est pas ça, une femme !

Lui vit comme un pacha, entouré de l'affection de sa femme et de sa bonne irlandaise. Il couche avec l'une et l'autre, elles s'entendent très bien. Un jour, il est rentré en leur disant :

— De mauvaises spéculations, on est sur la paille !

Sa bourgeoise de femme s'écroule, se lamente, dit qu'elle ne sait pas ce que c'est que de manquer d'argent. L'Irlandaise prend Neal par la taille :

— Ne t'en fais donc pas, mon petit, je sais comment faire, la nourriture ne coûte presque rien et, avec mes économies, on peut payer le loyer. On s'en fout, tant qu'il y a de la vie, il y a de l'espoir.

Tous les deux s'occupèrent de la bourgeoise et la consolèrent. C'était une craque bien entendu. C'est un mec, ce Neal, je l'aime bien, il ne se gêne pas devant moi pour parler de Mary :

34

— Tu as choisi un mauvais cheval, dit-il, c'est du concentré de fadasserie, il n'y a que chez soi qu'on peut s'organiser un peu de fantaisie. Moi, avec mes deux amours, je ne m'ennuie jamais.

Il rit de bon cœur, la tête renversée, la bouche ouverte, laissant voir des dents de jeune loup. Tout son corps parle, il rejette les bras en arrière, ses mains caressent la soie du canapé et une de ses jambes se plie complètement sur l'autre.

D'autres fois, il se ramasse, le buste en avant, le regard droit sur celui de Joe, un regard froid qui juge :

— Je te l'avais bien dit, non ? Cette fille te considérera toujours comme un nouveau riche, tu sais ce que ça veut dire ? Tu as le mépris du papa pour tes mauvaises manières et le mépris de la fille qui a trouvé une poire.

Joe accepte, il ne répond jamais rien. Quelquefois, pour se consoler, il le traite en riant de « salaud ». Sûr qu'il est content que Neal fasse des comptes insultants pour Mary, trop de téléphone, trop de robes, trop de parfums. Il l'avilit avec un plaisir diabolique.

Mary s'est plainte l'autre jour à table :

— Est-ce que ça le regarde, ton argent ?

— Que veux-tu dire ?

— Il regarde ce que je dépense, mais t'es-tu demandé si ce n'était pas pour en disposer lui-même ?

— Ferme-la, a dit Joe.

J'ai eu une prémonition ; en Amérique, les fortunes restent entre les mains des femmes parce que leurs maris meurent presque toujours le premier. Si c'était le cas, j'aimerais voir Mary aux prises avec Neal, je parie sur lui.

Joe revient, lance un regard mauvais sur Mary qui lui répond par un imperceptible sourire. Elle est quand même forte, cette fille, elle possède Joe. Dommage qu'il n'ait pas l'envergure de Neal, oui dommage, vraiment dommage…

Le grand dîner finit ; la limousine ne peut ramener chez elle Madame Williamson parce que la grille refuse de s'ouvrir. Le système électronique ne marche plus. Joe téléphone à une station de taxis :

— Bien fait, dit Kitty qui observe sur le circuit intérieur la limousine, le chauffeur et Joe qui tournent autour. Kitty presse sur le bouton dans la cuisine ; Joe presse sur le bouton dans le jardin, la grille reste close. Enfin, Madame Williamson sort péniblement de la voiture, on voit Joe et le chauffeur l'encadrer et la soutenir pour franchir le talus. Elle entre dans le grand massif de marguerites jaunes :

— Quelle abrutie ! dit Kitty.

Personne n'a l'air de s'étonner qu'une grille nous emprisonne mais qu'à cinq mètres d'elle à peine, on peut entrer dans la propriété comme dans un moulin ! Cette idée me chiffonne. Je le dis à Kitty :

— C'est le progrès ! Et le progrès, ça se comprend pas ! me répond-elle.

Derrière la grille, le taxi attend et son conducteur fume placidement au volant pendant que le singulier trio descend le talus.

Enfin, elle est partie ; Joe se retourne en frottant les mains et lance quelques mots au chauffeur.

— Bon débarras, voilà ce qu'il doit dire, commente Kitty.

— Tais-toi, dit son mari en s'arrêtant de laver le four.

— Il est mon ami, répond-elle en me lâchant un clin d'œil.

Mary est déjà dans sa chambre. Joe va la rejoindre directement. J'entends tout :

— Ton père m'a refusé son aide. Avec lui, on pouvait faire sortir Neal de taule, et tu sais ce que m'a répondu ce bol de merde ? « La loi est la loi. De quoi aurais-je l'air ? De protéger un homme présumé encore criminel ? » Le sinistre con, il est content, il m'a blessé, il me prend pour un pauvre mec, mais qu'il fasse attention, ton père !

Pas de réponse.

— Il ne crânait pas autant lorsqu'il fallait te marier.

Voix froide de Mary :

— Pardon, il ne voulait pas de toi.

Éclat de rire insultant de Joe :

— On dit ça, mais il frétillait, le salaud.

Voix contenue de Mary :

— Tu ne pourrais pas employer une autre expression ?

— Non, c'est la mienne.

Je n'entends plus rien puis vient la voix froide de Joe :

— Mais je peux le briser ton père, tu entends, je peux le faire cimenter, et tu attendras longtemps pour le retrouver, *car tu ne le retrouveras jamais*.

Plus que méchant :

— Ton prof de biologie ira étudier la vie des vers sous une dalle de béton.

Voix mondaine de Mary :

— Oh, que tu m'ennuies !

On entend un grand coup sourd.

— Nom de dieu, espèce de putain, ce n'est pas mon fric qui t'ennuie ! Tu sais ce que tu es ?.

— Un bol de merde.

Je l'entends marcher, elle doit être près de la porte.

— Si mon père est ce que tu dis, le tien est un vieux vicieux qui aime trop mes seins et mon derrière. Mais oui, ne me regarde pas comme ça ! Viens le voir installé derrière la porte-fenêtre, la bave aux lèvres.

Moi, la bave aux lèvres ?

— Menteuse.

Mary a perdu le contrôle d'elle-même.

— Ce vieux dégoûtant !

— Dégueulasse toi-même.

Joe a dû envoyer sa chaussure, elle tape sur une porte déjà refermée. Mary s'en va dormir dans une des chambres du haut, le bruit de ses pas monte l'escalier.

En Russie, un homme se précipiterait, taperait comme un fou sur la porte, la défoncerait et cognerait sa femme. Ici, on reste chez soi. La porte fermée, c'est le no man's land. Mary est tranquille, il n'osera jamais monter, elle sait ce qu'elle fait.

Moi, la bave aux lèvres ? Je me mets à penser à Tony, un voisin de Chicago, un petit Italien gesticulant pour un oui ou pour un non, qui avait peur des bêtes des égouts. Il refusait de voir une bouche d'égout car il y aurait alors une de ces bêtes qui grimperait le long de ses jambes, ferait des œufs, et il mourrait bouffé par la vermine.

Genia priait pour la paix de son âme parce qu'il avait tué près de quarante-neuf personnes d'après ce qu'il disait. Il donnait leurs noms à toute allure comme s'il avait appris à les réciter par cœur.

— Celui qui a peur d'une bête ne peut pas tuer, disait ingénument Genia.

Elle avait de drôles d'idées parfois. Qu'est-ce qu'elle dirait ici ? Elle priait pour son fils, pour que Dieu lui ouvre les portes du Paradis. Il a préféré les grilles et une femme qui est une bête d'égout. Joe aussi en est une, il ne faut pas que j'aie peur de le dire, il faut que je sois juste, c'est ce que je sens. Mais contre qui lutte-t-il ? Pourquoi cet argent ? Si Joe avait été un garçon pauvre, elle ne l'aurait jamais épousé, ne se rend-il pas compte de ce que le moindre type de la rue comprendrait ?

Je vais regarder un western, il n'y a que ça que j'aime, tous ces types qui galopent d'un bout de pays à l'autre, entrent dans un saloon pour tomber toujours sur un ami : « Tiens, ce vieux frère », ou sur un ennemi : « Tiens, comme on se retrouve ! » À mon avis, c'est impossible. On ne se retrouve pas si facilement. En tout cas, moi, à Chicago, en cinquante ans, jamais ça ne m'est arrivé.

Enfin, ça me distrait, c'est plus drôle que d'entendre mon fils dire :

— Je mise quatre cent mille dollars, j'ai gagné sans rien foutre deux cent mille dollars.

Depuis quelque temps, il accompagne ses paroles d'un geste de la main qui s'envole en faisant claquer le pouce et l'index : « Envoyez, c'est pesé. » Il est navrant de naïveté. Mary le regarde avec une lueur de mépris dans l'œil. Mais est-ce qu'un vieux pauvre comme moi juge bien ? Si les riches pensaient comme moi, ils ne feraient pas ce qu'ils font. Or il en existe, des riches, donc je suis un idiot. Personne ne se ressemble, donc tout est possible. Le voilà, mon fils, à ma porte… Il y a encore des choses auxquelles je ne m'attends pas !

— J'avais envie de te voir, papa.

Il vient chez moi à deux heures du matin !

— C'est la première fois que tu me fais cette surprise.

— Oui, je sais.

Il paraît las, sa chemise est fripée, le regard morne comme autrefois. Il se laisse tomber au pied du lit et me regarde :

— Devine d'où je sors ?

Qu'est-ce que je peux dire, moi ? Je hausse les épaules.

— Des quartiers pourris de Los Angeles.

Il m'avait semblé entendre le bruit d'une voiture qui démarrait mais j'avais cru avoir la berlue.

— Je déteste la pauvreté, elle est dégueulasse avec ses misérables taudis, les gosses qui traînent partout et les bonnes femmes fatiguées.

Il a un geste d'enfant en ramenant ses épaules en avant comme s'il avait peur d'être battu.

— C'était comme ça chez nous, ça sentait le pauvre, le misérable, celui qui est écrasé pour toujours, qui va baisser la tête, recevoir des coups de pied au cul et encore des coups de pied au cul.

Il se redresse, me regarde droit dans les yeux :

— Dire que je n'avais qu'une pensée, dire merci à Dieu d'être un Américain, te dire à toi aussi « Merci » d'avoir émigré !

Je ne peux encore répondre. Ça dépend du point de vue auquel on se place. Sa mère et moi étions plutôt dans la catégorie de ceux qui reçoivent des coups de pied au cul, on ne s'est jamais particulièrement félicités d'être venus ici. Quand même, avoir vu la prohibition, des gens qui tuent ou pillent pour deux sous, c'était tout de même intéressant. Il faut que je sois juste, oui…

Je me mets à rire :

— Rien ne te dit que tu ne pourrais pas être un puissant en Russie, une sorte de Staline, quoi ! On arrive aussi là-bas, quand on veut réussir.

— Tu veux dire que toi, tu n'aurais pu réussir ici ?

— Il faut être sérieux et je ne le suis pas.

— Il y a la chance aussi.

Il veut dire autre chose, ne se décide pas, reste là sans envie de partir. Ses jambes sont immenses, il a bien vingt centimètres de plus que moi. J'ai engendré un fils grand et souple.

Il m'attaque tout à coup, le regard fixé sur le mien :

— Avoue quand même que vous auriez pu faire l'amour plus librement, maman et toi, si on n'avait pas tous dormi dans la même pièce ? Pas de chambre pour moi, pas de chambre pour vous, une soupente misérable où on mangeait dans l'odeur du frichti. Merde alors !

Il a un geste, la main s'envole, claque le pouce contre l'index :

— Celui qui m'attaquera n'est pas encore né et, s'il l'était, je suis capable de tout pour garder mon fric, de tout…

Oui, c'est entendu, on n'a pas fait l'amour facilement, je regrettais et je ne regrettais pas ; quelquefois même, j'y ai trouvé une sorte de force, de contentement, le goût des privations peut-être ?

Seulement, ici, je peux me demander comment il fait l'amour, mon fils. C'est plein de chambres, de luxe, d'odeurs rares ; je ne le gêne pas, les domestiques encore moins et je vois sa femme aller s'enfermer dans une pièce du haut.

Je lâche bêtement :

— Ta mère a été heureuse, plus que tu ne le penses.

Joe ne me croit pas. Il m'a tendu la perche et c'était l'occasion de lui dire que je m'embête comme ce n'est pas Dieu possible et qu'on va se quitter tous les deux, que je reviendrai pour les fêtes, pour Noël, pour Pâques…

Joe se lève. Et s'il était venu exceptionnellement ce soir me parler de Mary, de ma bave aux lèvres et me demander de me retirer pour toujours de la porte-fenêtre ? Et qu'il n'ait pas osé !

Je sais que mon rêve ne reviendra pas. Après tout ce casse-tête, nous aurons beaucoup de mal à être couverts de riz.

II

Mais, nom de dieu de nom de dieu, mais qu'est-ce qu'il a fait, mon fils ? On le dit intelligent, mais me montre-t-il qu'il l'est !

— Alors ? dit Kitty qui entre.

— Alors, tiens, je pensais à Catherine de Russie.

Elle me regarde, éberluée :

— Il faut sortir, il faut vous changer les idées, je vais dire à Harry de venir vous chercher.

— Non.

— Une petite promenade…

— Non.

Kitty se rapproche, se penche à mon oreille :

— D'abord, c'est mieux pour vous et puis il y a Madame qui vous regarde.

— Qu'est-ce que je m'en fous !

Ce n'est pas vrai.

— Allons, calmez-vous.

— Je suis un voyeur, un vicieux, je la regarde parce qu'il n'y a rien d'autre à regarder ; allez le lui dire, allez, allez.

Je la pousse par son derrière au-delà de la porte-fenêtre. Mary s'est relevée et me regarde avec aplomb. Kitty résiste, je pousse encore plus fort. Tout à coup, une idée : je fais le jeu de Mary, je fais du théâtre, je la réjouis. Ma colère tombe, je me sens un imbécile.

— Madame a tout entendu.

— Tant mieux.

C'est une bête d'égout, il faut éviter qu'elle monte le long de mes jambes.

— Pourvu qu'elle ne s'en prenne pas à moi, ronchonne Kitty.

— Puisque vous voulez partir pour New York !

Les yeux verts ne sont plus que deux épées furieuses. Alors, je fais une concession.

— Je vais y aller en promenade, avec cet Harry.

Kitty l'appelle aussitôt au téléphone.

— Vous savez ce qu'il me dit, Harry, que Monsieur Joe s'est plaint de payer de l'essence pour des promenades qui n'ont pas eu lieu.

Elle ronchonne devant le grille-pain :

— Le salaud, le radin.

— Qui est un salaud, un radin ?

Elle arrive sur moi comme si elle allait me jeter les tranches de pain à la figure :

— Ça ne vous regarde pas, je me parlais, j'ai bien le droit, non ?

C'est toujours bon ce que fait Kitty, mais aujourd'hui ça ne passe pas.

Je ronchonne aussi pour qu'elle entende bien :

— Je ne suis pas Carson, je ne suis pas Carson.

— Non, vous êtes le Président des États-Unis !

Je lui dis ou je ne lui dis pas que mon vrai nom est Iouri Voronine ; je vais chercher mes papiers ? Non, pas encore. Pour fuir, il ne faut pas le chanter à l'avance sur les toits.

— Vous croyez que je suis fou, Kitty ?

— Non. Vous perdez peut-être un peu la boule de temps en temps, mais c'est que vous vous ennuyez. Alors, vous vous énervez et vous m'énervez aussi.

Un soupir :

— Ah, si j'étais à votre place, moi, je sais bien ce que je ferais, je dirais ce soir à Monsieur Joe (qui serait mon fils) : « Achète-moi une décapotable toute blanche, avec des coussins de cuir rouge et une stéréo qui gueule bien. » Tous les matins, je partirais pour la journée et je ne rentrerais que pour me mettre au lit.

— Mais Joe refuserait de me l'acheter !

— Bien sûr, mais je m'invente un autre Monsieur Joe, un Monsieur Joe bien à moi !

Elle se met à rire joyeusement. La voilà de bonne humeur à nouveau. Alors, je questionne :

— Qui est un salaud ?

— Vous voulez que je vous laisse seul dans la cuisine ? Ah, mais !

On ne se parle plus. Elle va, vient, revient avec des tas de serviettes-éponges. Il faut en changer tous les jours à cause des bactéries et la machine à laver marche du matin au soir.

— J'étais en train de me dire, dit-elle, que vous étiez un tout petit mendiant, mais alors tout petit, à qui j'ai envie de donner, que je mettrais sur mon sein pour le flanquer au chaud ou dans ma poche, et de temps en temps, je vous demanderais : « Alors, vous êtes content ? Alors, vous voulez sortir un peu, faire une balade ? »

Elle se laisse aller :

— Vous savez qui est un salaud ?

Je retiens mon souffle.

— Vous ne le répéterez pas ?

— Jamais.

— Jurez.

— Je jure.

Un ange passe, à peine une seconde :

— C'est votre fils.

Elle se redresse, ramène la pile contre son ventre.

— Qu'est-ce qu'il a fait ?

— Ce matin, il a dit à John qu'une serviette orange a disparu ; il voulait celle-là, il ne l'a pas trouvée, et voilà mon pauvre John qui doit la récupérer pour ce soir. Naturellement, Madame ne sait rien. Elle fait exprès de ne rien savoir. Du coup, John n'a pas encore déjeuné ! Une serviette, dans cette maison, c'est comme une aiguille dans une botte de foin.

— Si on allait en acheter une ?

— C'est impossible parce que Monsieur Joe a l'œil, ou elle sera trop neuve, ou trop pâle, pas l'orange qu'il connaît, pas le sien.

Mary va quitter la piscine et s'enveloppe dans un grand peignoir bleu ciel.

— Mary, avez-vous vu la serviette orange de la salle de bains ?

— Je n'en sais absolument rien.

— Kitty et John cherchent, mais ne trouvent pas.

— Ils sont là pour ça, non ?

— Que Dieu fasse tomber le ciel sur votre tête !

Je suis en colère. Elle rit.

— Je serais curieuse de savoir comment ça serait !

Elle fait quelques pas, se retourne, se moque de moi.

Kitty est dans tous ses états :

— Mais il ne fallait rien dire à Madame, vous ne vous rendez pas compte, ça va être un scandale, elle sera bien contente !

Elle n'a plus du tout envie de me mettre sur son sein pour me protéger. Elle m'expédie à tous les diables, parle de partir immédiatement, et que tout le monde se débrouille à la trouver, cette putain de serviette orange !

Le klaxon de la limousine retentit à ce moment même. Harry m'attend, près de la portière, sa casquette à la main, il fait de la tête un petit signe lorsque je m'engouffre à l'arrière de la voiture. Aussitôt, la musique classique des cassettes m'environne. Mon fils a dit à Harry que je n'aimais que Beethoven et Mozart (ça me pose, je suis un homme cultivé).

Il y avait une chanson en Russie :

Moi, le pauvre qui vivote
Dans l'isba de triste chaume.
Toi, le riche à la quinine
Qui tremblotes dans sa niche,
Toi et moi, les pauvres diables…

Je préfère ça à Bach. Le chauffeur a l'air d'un mannequin, sa casquette vissée sur une tête à nuque rase, et moi, je suis l'autre mannequin, enfoncé dans des coussins trop mous, affalé, la poitrine courbée vers le ventre, les jambes trop hautes. L'air conditionné me fait tousser, Harry s'inquiète :

— Monsieur est souffrant ?

— J'ai un peu froid.

Dehors, le ciel est blanc de chaleur, le soleil brûle les buissons du bord de la route. Pour l'instant, on monte dans l'une des collines.

— Si on allait voir la faille ?

Harry joue à l'imbécile :

— Monsieur veut parler de quoi ?

— De la terre qui a tremblé, récemment, derrière les collines.

— Mais Monsieur, on ne peut pas y aller !

Il a un geste de main vers sa casquette, je commence à l'embêter sérieusement.

— Pourquoi ?

— Parce que c'est interdit.

— Même si la police est là, elle ne peut être partout, et la faille est longue ! Vous y croyez, vous, aux tremblements de terre ?

— Oh oui, Monsieur.

— Ah !

Ils élèvent des rats dans des terriers pour annoncer la secousse. Avant que la terre commence à bouger, les rats sortiront des terriers, ficheront le camp à toute allure. Alors, les humains pourront se préparer, ils suivront les bêtes… Il y a belle lurette que nous, les Russes, savons que nous en savons moins que les rats. Joe, en apprenant ça, m'a dit :

— Pourquoi partirais-je ? De toute façon, j'ai tout prévu, j'ai l'avion et le pilote prêts à la minute même où il faudra quitter la maison.

— Et la maison ? ai-je demandé.

— Quoi, la maison ?

— Tu vas la perdre.

— Non, elle est assurée.

Je ne me ferai jamais à ces nouvelles manières. J'aimerais *ma* maison, je la pleurerais. Quand j'étais tout petit et que ma grand-mère poussait la porte contre le vent froid, tout emmitouflée dans un long capuchon noir, je me disais que je ne quitterais jamais ma maison. On vivrait là, tous, tranquilles. Je serais grand, fort, je pourrais couper du bois, j'aurais une fourrure d'ours de Sibérie que j'aurais tué moi-même. Moi, le plus fort du village.

Je rêve à cette faille, elle serpente là-bas, tranquillement. Est-ce qu'on peut voir à l'intérieur ? Si j'y plongeais un bâton et que je trifouille dedans ?

— Et si vous étiez kidnappé, Monsieur Carson Lincoln ?

— Sur le bord de la faille ?

Il regarde dans le rétroviseur :

— Je me demande si la voiture qui nous suit depuis un moment…

Je redresse le buste tant bien que mal, regarde par la lucarne arrière. Une voiture grimpe derrière nous.

— À moins que ce ne soit un détective ? dit Harry.

— Pour moi ?

— Pas pour moi, en tout cas ! Vous, Monsieur, vous seriez une belle affaire pour une rançon. Tenez, l'autre jour, dans le Bronx de New York, un Italien a dénoncé le chef d'un gang à la police et vous savez ce qu'ils ont fait ? Ils n'ont pas attaqué l'Italien, mais sa mère qu'il adorait et ils l'ont fait dévorer vivante par un chien-loup affamé. Vous voyez, Monsieur, que les parents des gens importants sont encore plus importants !

Mais la voiture qui nous suivait nous a immédiatement quittés lorsque Harry a décidé qu'on ne pouvait aller plus loin et qu'il fallait revenir… Comment mon fils pourrait-il être à temps à l'aéroport pour embarquer, s'il est à dix kilomètres de là lorsque la terre tremblera ?

Le soir tombe. Joe vient à moi et me trouve dans l'ombre de la véranda.

— Tu sais, papa, ce n'est pas prudent de rester dans l'obscurité, tu ne verrais jamais ton assaillant.

— Allons donc !

— Il vaut mieux que toutes les portes soient fermées dès la nuit tombante, crois-moi.

Nous vivons dans une boîte cadenassée où le système d'alarme est à l'intérieur, depuis l'assassinat de Sharon Tate.

— Elle a été tuée, dit Kitty, parce que tous les fils étaient à l'extérieur ; alors, ils les ont sectionnés, c'était facile.

« Tu ne verrais jamais ton assaillant », a dit Joe.

C'est pourquoi on ne se baigne pas dans la piscine, les soirs d'été. Je la regarde, le nez appuyé au carreau. Ce brouillard léger vient de la forêt, passe au-dessus de la cime des grands arbres et vient se poser sur la pelouse. Les projecteurs éclairent l'eau qui fume tranquillement. Si j'avais vingt ans, voilà ce que j'aimerais, aller me baigner dans la nuit et le silence. Les stéréos ne braillent plus puisque tout le monde a peur, les grilles sont fermées, les portes ne s'ouvrent que de l'intérieur et, avant de s'endormir, on installe le signal d'alarme. La porte de ma grand-mère n'avait pas de serrure, un simple loquet et on dormait comme ça, en sachant que personne ne viendrait puisqu'il n'y avait rien à voler.

Je rêve. Derrière le visage lisse de Mary, il doit y avoir quelque chose à découvrir, je ne sais pas quoi. Si je continuais à être à mon poste, jour après jour, je crois que j'arriverais à savoir. Avec Harry, tout à l'heure, Mary ne m'intéressait plus du tout, j'étais obsédé par cette terre qui se fend.

Finalement, je m'endors. Le lendemain matin, Joe qui est là exceptionnellement me sourit :

— Mais tu as l'air heureux, papa, qu'est-ce qui t'arrive ?

Il croit que je m'habitue à cette vie et ça lui fait sacrément plaisir. Nous nous retrouvons tous les deux, les coudes sur la table, un sandwich à la main, la bouteille de bière devant lui. Il m'énumère tout ce qu'il possède, des terres, des motels, une hacienda, deux hôtels.

— Et s'il m'arrivait quelque chose, papa, sois tranquille, tu auras un viager. Neal a tous les papiers.

Il rit, il est fier et content. Kitty arrive, le voit la tête renversée, buvant sa bière, le goulot collé à ses lèvres. Elle jette un regard sur le bouquet de fleurs préparé par Mary, comprend qu'il faut me laisser seul avec mon fils et disparaît très vite.

Mary, très mécontente, vient dans l'après-midi, en maillot rouge, me montrer ses formes jusque dans ma chambre.

— Vous n'auriez pas vu un stylo traîner ?

— Je n'écris jamais.

— Mais ne croyez pas que je vous soupçonne !

— Je n'ai rien vu.

Elle ne veut pas partir, elle tourne, vire, fait des manières.

— Vous allez sortir ?

— Oui.

— Où allez-vous ?

— Me promener avec Harry.

— Vous pourriez peut-être me déposer chez mon coiffeur ?

Harry a l'air très ému en la voyant monter dans la limousine. Son œil s'attarde une seconde de trop sur ses cuisses en refermant la portière. Mary saisit ce regard, paraît très satisfaite. Sa robe de soie frôle mon genou. Il y a quelque temps, je la rêvais près de moi, mais aujourd'hui, non. Harry est presque décidé à me conduire jusqu'à la faille. J'en parle dès que Mary est entrée chez le coiffeur, il dit non.

— Mais puisque je vous dis que jamais personne ne le saura !

Finalement, il cède, il dit un vrai « oui ».

— Mary nous a retardés, dis-je pour le faire aller plus vite, vous la trouvez belle ?

— Oh oui, répond Harry.

— Pourquoi ne lui dites-vous pas ?

Silence.

— Vous avez peur qu'elle moucharde ?

— Non.

— Vous avez tort, parce qu'elle le ferait.

On passe devant un homme assis sur une chaise, au bord du trottoir. Il a l'air de ne pas s'en faire avec son chapeau de Texan sur la tête. Il regarde je ne sais quoi, de l'autre côté de la rue.

La voiture s'éloigne. Je me penche, fébrile, comme si on m'avait arraché quelque chose d'essentiel.

— Il faut revenir en arrière, Harry, faites vite.

(Une lubie de milliardaire, voilà ce qu'il pense, Harry.)

Si cet homme disparaissait et que je ne le revoie jamais plus ?

— Bien, comme Monsieur voudra.

— Le voilà, oui, là, arrêtez.

L'homme n'a pas bougé, appuyé de la même façon, le regard perdu dans un songe. Un garçon aux cheveux noirs de jais passe, la mâchoire déformée par un chewing-gum. Le vieux s'est retourné légèrement pour le regarder entrer dans un drugstore. Il envoie un jet de crachat dans notre direction.

— Vous voyez, Monsieur, c'est pour nous, dit Harry.

— Après tout, il a bien le droit de cracher.

— Ouais.

Si je m'écoutais, je descendrais, j'irais droit sur cet homme décharné aux yeux enfoncés sous deux cernes gonflés, et je lui dirais « Bonjour », tout à trac, et « Comment ça va ? » Je mesure alors combien je suis prisonnier. Partir, c'est bien beau, mais combien de ruses va-t-il me falloir pour m'échapper ?

— Bien, allons voir la faille.

Il préfère encore ça, Harry, j'en suis sûr, il démarre aussi vite qu'il peut. Avec un beau courage, il descend et m'accompagne vers le fossé qui serpente. J'ai eu beau lui dire que je m'en sortirai tout seul, il n'a pas voulu rester dans la voiture. Nous allons vers la terre qui tremble.

J'en suis maintenant tout près. Je vois la terre ouverte.

— Que Monsieur ne s'approche pas trop près, conseille Harry en prenant mon bras.

Lui aussi regarde.

— Quand même, ça vaut la peine.

À la maison, lorsqu'on rentre, les portes et fenêtres sont toutes ouvertes. On va de la cuisine à la piscine, on inspecte l'installation électrique, on referme soigneusement toutes les entrées et on essaie le signal. Toute la maison vibre d'une sonnerie stridente, qui déchire les oreilles, qui s'installe partout.

— C'était une voix d'enfant, soutient Kitty, et après une voix d'homme. Ils ont répété l'un après l'autre « Je vais vous tuer avec un fusil ».

Le policier qui la questionne ne la quitte pas des yeux :

— Ça ne vous rappelle rien, ces voix ?

— Autant dire que je connais des criminels, s'indigne Kitty, et puis quoi encore !

Elle attaque :

— C'est parce que je suis noire, peut-être ?

Joe coupe :

— De toute façon, je demande une enquête, la surveillance de mon téléphone, et une patrouille autant de temps qu'il le faudra. Oui ?

— Certainement, Monsieur Carson Lincoln.

Le policier me voit :

— Qui est celui-là ?

— C'est mon père.

— OK.

Combien de fois ma bouche a-t-elle voulu proféré quelque chose depuis que je suis dans cette maison ! Et combien de fois s'est-elle refermée pour garder le silence ! Non, je ne dirai pas qu'il y avait une voiture qui nous suivait, Harry et moi. Non, je ne dirai rien, rien du tout.

— Et vous avez rudement bien fait, me dit Kitty encore pleine de rancune. Ces gens-là sont dangereux, ils s'infiltrent dans vos affaires, on ne peut plus s'en dépatouiller, et vous, l'innocent, vous êtes traité pis que le coupable.

Elle élargit ses vues, Kitty, elle nous met en face du pays tout entier :

— C'est pour ça, tiens, que personne ne bouge quand vous êtes attaqué. Moi, j'ai vu, de mes propres yeux vu, un brave type aller pendant six mois à la police pour avoir dit ce qu'il avait vu dans le métro, il avait vu violer une fille et il disait ce qu'il savait, un point c'est tout. Vous voyez ? Ils l'ont questionné, rendu fou de rage, il s'est juré de ne plus bouger, même si on s'entre-tuait devant lui.

Où est Mary ? Où est-elle ? Je la cherche dans toutes les pièces du bas, j'entends Joe téléphoner. Mary n'est nulle part.

— Où est-elle ? répète Kitty après moi.

— Kitty, vous savez quelque chose ?

Je la presse, je la force, elle se défend :

— Allez donc le demander à votre fils ! dit-elle en me fuyant.

Les yeux de Joe lancent des éclairs :

— J'ai dit à Neal de venir, on aura une conversation tous les trois.

— Tu as besoin de moi ?

— Oui.

— Ah !

La haine est un plat qui se mange froid. La voix de Joe est déterminée :

— Tu vas t'arranger pour qu'elle n'ait rien, dit-il à Neal, rien, pas un centime si je venais à être tué. Mets tout ce que tu peux au nom de mon père, invente des actionnaires ou quelque chose de ce genre, des dettes, est-ce que je sais, moi ? Tu me comprends ?

— Parfaitement, dit Neal.

— Moi, je ne veux rien, dis-je, et puis je peux être tué moi aussi, parce que, quelquefois, les parents des gens importants sont encore plus importants.

— Qu'est-ce qu'il dit ? demande Joe en regardant Neal.

— Allez, allez, laissons tomber, conseille Neal en se levant.

Je sais maintenant où est Mary. Elle est là-haut, dans une des chambres, surveillée par John. Le taxi l'a ramenée ivre morte, et les voisins ont appelé la police. Ils ne voulaient pas d'un taxi dans le secteur, c'est donner des idées à des types qu'on ne connaît pas, leur laisser découvrir qui habite ici, les inciter à voler, à attaquer… Une heure après, il y a eu le coup de fil.

— La garce, dit Joe, comme si elle était responsable de tout, cette sale garce !

À Neal :

— Dès demain, vieux, tu te mets à l'œuvre, n'attends pas et tu me dis.

— OK.

En me tenant par les épaules, Joe m'accompagne jusque dans ma chambre.

— Je veux voir si tu es bien en sûreté, me dit-il.

Il trouve que la porte-fenêtre cadenassée avec ses trois verrous, cerclée de fil électrique, n'est pas assez protégée.

— Dès demain, je vais faire poser une grille supplémentaire. Allez, dors bien, papa.

Il m'embrasse comme s'il allait me perdre et, protégé par son épaule, j'ai le courage de dire :

— Joe, je ne veux pas être ton héritier.

Il s'écarte de moi pour bien me regarder.

— Laisse faire, tu ne comprends rien à tout ça.

Il exagère. Je comprends, moi, je comprends qu'il me laisse seul dans ma chambre, devant la cousine d'Abraham Lincoln. C'est une des dernières acquisitions de Joe, ce tableau d'une femme très laide qui ressemble un peu à une tortue avec ses petits yeux trop écartés, trois bouts de cheveux épars sur le front, qui dépassent d'une étrange coiffe, une espèce de moule à gâteaux renversé avec deux rubans allant caresser une nuque raide, enveloppée d'un châle de dentelle.

Mon Dieu, qu'elle est laide, cette femme, et Joe qui la regardait avec des yeux fous de bonheur. Il espère bien que quelqu'un dira un jour :

— Vous êtes de la famille de Lincoln, comme c'est intéressant !

— D'une branche indirecte toutefois, précisera prudemment Joe, voilà mon arrière-grand-mère.

En attendant, elle est là depuis une semaine, elle me regarde avec ses yeux de tortue. Je vais la voir tous les jours, me déshabiller devant elle, la sentir m'observer lorsque je suis dans mon lit.

Ah, non, je ne vais pas pleurer pour « ça », il vaut mieux fumer malgré l'interdiction de Joe qui parle toujours du cancer, qui ne peut supporter l'odeur de cigarette. Je regarde au-delà de la porte-fenêtre, dans le jardin aux fleurs. Les bleus, les rouges, les violets et les orange s'adoucissent dans la nuit. Demain, j'aurai une grille en plus de tout le reste et comment je les verrai, toutes ces fleurs, découpées en milliers de petits trous ?

Il faut arriver aux pleurs, mes yeux picotent. Mary s'est saoulée, peut-être qu'elle n'en peut plus ! Est-ce qu'elle sait, Mary, qu'on est des Russes, qu'on s'appelle Voronine, qu'on se balade sous une fausse identité ? Merci à Dieu d'être des Américains, d'être des émigrés ! L'un s'appelle Joe et l'autre Erle. Fini d'être Miroslav et Iouri Voronine. On s'était bien serré les mains, le juge et moi. Joe avait été félicité. Le juge trouvait touchant que je prenne le nom de mon fils, celui qu'il s'était choisi dans sa fugue vers l'Ouest. Oui, il était vraiment élégant, ce nom choisi, disait le juge. Il le sentait si bien, il me trouvait mieux appartenir à la grande Amérique.

— Voilà en tout cas ma pensée, a-t-il conclu.

Pas la mienne. Mais alors, pas du tout !

Joe a surenchéri :

— Je t'en prie, désormais, ne dis plus que tu es russe. Depuis Gorbatchev, ils disent qu'ils comprennent. Ils jouent à ami-ami. Des clous, oui ! Tout ça, c'est vu du haut du pont ! Ce qu'ils aiment, c'est dire qu'ils sont des Yankees, du *Mayflower*, de la quatrième ou cinquième génération. Alors là, bravo, ça, ce ne sont pas des émigrés !

Quelle hargne, mais d'où sort-il une telle hargne ? Qu'est-ce qu'il cherche à me prouver, Joe ? Que, désormais, comme il dit, je ne pourrai plus parler de tous mes souvenirs, de ma grand-mère, des loups, de la neige russe, du vent russe puisque je vis sous un nom anglais. Mais qu'est-ce que j'en sais, moi, de la neige anglaise et du vent anglais ?

— Allez, allez, tu verras quand tu seras chez moi.

J'ai vu. Pour voir, j'ai vu ! Même le cordon autour d'une bouteille d'eau de Cologne ! c'est le vieux au chapeau texan qui est bien tranquille, là-bas, dans la rue, sur sa chaise.

La police n'a trouvé aucun suspect et pourtant, pendant trois jours, des voix différentes ont proféré des menaces. On pouvait être tué au couteau, au revolver, à la mitraillette. On pouvait être enlevé, enterré dans les bois ou revenir au bord de la piscine. Tout dépendait du goût de ces menaceurs.

— Les flics, des incapables ! hurle Joe en nous montrant un silencieux. Si je dois me défendre moi-même, alors je les arrose tous !

Il m'a ému. Je ne veux pas voir mon fils mort.

— Si, si, je ferai ce que je dis !

Le téléphone est toujours branché sur table d'écoute et un policier de la patrouille a demandé à Mary de ne pas rester ainsi, des heures, allongée. Le bord de la piscine est très dangereux, trop loin de la cuisine, trop loin du signal d'alarme. Il y a mille cachettes autour de l'eau, mais il n'y a pas mille policiers pour se fourrer dedans.

Mary tourne autour de moi. Elle s'ennuie et son visage maussade devient ingrat.

— Pourquoi sortez-vous tous les jours? me demande-t-elle.

— Pour ne pas avoir la bave aux lèvres.

— Oh, qu'il est susceptible!

Elle dit ça en regardant le saule pleureur comme pour le prendre à témoin de mon imbécillité.

Kitty s'est mise à détester cette limousine qui m'emporte trop souvent loin d'elle. Les questions pleuvent: «Où est-ce que je prends mon thé? Avec qui? Avec Harry? Enfin, où allez-vous tous les deux? Et qu'est-ce que vous faites? Et ces souliers, toujours les mêmes, vous ne pourriez pas en changer?»

— Un jour ou l'autre, prédit-elle, votre fils va en avoir assez. Quand c'est trop, c'est trop!

Mais je suis mieux habillé que mon fils! Lui joue même au très mal habillé, volontairement, avec une espèce d'obstination que j'ai mis longtemps à comprendre. IL NE VEUT PAS VIEILLIR et s'imagine que les jeans et les chemises cow-boy lui donnent l'allure jeune. Est-ce que je l'ai vu une seule fois dans un costume normal? Oui, lorsque Madame Williamson s'est égarée dans les marguerites jaunes. Autrement, jamais. Alors, qu'est-ce qu'elle vient me bailler, Kitty?

Elle me montre ses yeux d'orage. Elle veut savoir, elle veut savoir. Moi, je dis non. Je ne vais tout de même pas lui dire que j'ai maintenant un ami, l'homme au chapeau texan, qu'il m'apprécie et que je suis heureux.

Malgré Harry, j'ai remonté le trottoir à la rencontre de ce vieux. Il était assis sous le même arbre et je suis allé droit à lui, pas très tranquille au fond, mais décidé quand même :

— Tiens, si on allait boire une bière.

Il l'a acceptée tout naturellement, en souriant même. On s'est trouvés tous les deux assis dans un pub. Harry nous a suivis. Il est assis maintenant non loin de moi et m'espionne discrètement.

Nous, les deux vieux, on a causé de tout et de rien. Quand il voit que je suis un ignorant comme lui, il devient mon ami. Mais pas tout de suite ! Je l'aide à me faire confiance, je lui raconte la Russie, Genia, Chicago, la neige de Chicago qui n'a pas la même lueur douce que la neige russe.

— Que tu dis ! La neige, c'est la neige, vieux.

Il parle, parle à son tour. Il raconte que sa grand-mère était syphilitique à cause de l'aïeul qui avait attrapé « ça » pendant la guerre de Sécession. Son grand-père hurlait toute la journée tantôt que c'était avec une Sudiste, tantôt avec une Nordiste, de toute façon c'était toutes des putains.

— Alors, le mariage, pour moi, merci bien !

À la table voisine, à côté de nous, un type sirote un café et son chien pose ses yeux sur mon copain, gravement, longuement, avec une tendresse infinie.

— Le voilà, mon fils, s'il était le mien !

Le vieux avance sa main pour empoigner la gorge du chien et la secoue affectueusement.

Moi aussi, j'aime mon fils, je donnerais bien ma vie pour qu'on se comprenne un peu, rien qu'une minute.

— Celui-là, oui, serait mon vrai fils, répète mon copain ; t'as des enfants, toi ?

— Non, je n'en ai pas.

— Alors, tu es tout seul ?

— Oui.

— Et tu es vraiment un Russe ?

Il doit voir un peu d'appréhension dans mes yeux parce qu'il s'écrie :

— Mais de quoi tu as peur ? Moi, je dis ça parce que tu es le premier Russe que je rencontre ; tu sais, quelquefois, on se fait des idées, on pense que les autres ne sont pas faits comme soi et puis on découvre que si. C'est du pareil au même.

Il a entouré de son bras le cou du chien, mais il desserre son étreinte en voyant le client se lever.

— Et comment tu t'appelles ?

— Iouri Borissovitch Voronine.

Il ne sait pas le répéter, se console en disant plusieurs fois « Ça viendra, ça viendra », se penche vers moi.

— Répète encore…

— Iouri, Iouri…

Il le dit. Pour moi, c'est une vraie bénédiction. Enfin, me voilà vraiment. Je suis Iouri.

— Et toi ?

— John Ford, comme celui que tu connais !

Il rit de bon cœur. Ses grosses poches sous les yeux s'étirent, lui donnant un peu l'air d'un Chinois.

— Mais lui est de l'autre côté de la barrière.

Il rit encore plus fort :

— Tu sais ce que j'ai pensé souvent, vieux, que si la merde des pauvres était de l'or, le cul des pauvres n'existerait plus ! Ah, ah ! Qu'est-ce que tu dis de ça ? Ils ne se doutent pas, tous ceux de l'autre côté de la barrière, qu'on a des pensées comme ça !

Je m'en donne à cœur joie.

— Non, ils veulent encore notre respect, qu'on ait des engelures pour avoir le plaisir de les voir se chauffer !

— Comme tu dis, ah ! ah !

Il s'étrangle, il aime l'image, il regrette que je parte aussi vite.

— Qu'est-ce qui te presse ? Tu as bien le temps, non ?

— Non, non, à demain.

Je l'entends me crier :

— Demain, hein, sans faute, Iouri.

Avec Harry, on entre alors dans des calculs sordides. J'ai cinq minutes de retard qui entrent dans le paiement d'une autre heure. Je lui propose alors de le payer de ma poche. Il pousse les hauts cris : « Le compteur, le compteur », ce compteur loué au nom de Joe qui a le droit de vérification…

— Alors, votre argent ? Où pourrait-il donc entrer, dans quel compte ? Mon patron se fiche de votre argent. Il ne va pas se fâcher avec Monsieur Joe qui est un très gros client.

Joe s'inquiète :

— Enfin, papa, quatre heures dehors !

— Je marche, je marche, Joe, pour me dégourdir les jambes. Ah, qu'est-ce que ça me fait du bien !

Une ombre passe dans ses yeux.

— Tu sors de la limousine !

— Mais Harry me suit.

— C'est dangereux, papa, trop dangereux, il vaut mieux pas, dit-il comme s'il connaissait l'histoire de la mère de l'Italien dévorée par un chien-loup.

Le grillage est maintenant à la porte-fenêtre. C'est vrai qu'il découpe tout, les fleurs, la pelouse et l'eau de la piscine. Je ne vois plus rien. Joe me demande de rester chez lui pour ne rien voir.

« Demain, hein, sans faute, Iouri », a dit mon copain, et je tiendrai ma promesse. C'est mon copain, on ne fait pas faux bond à un copain.

— Surtout, que mon père reste dans la voiture, téléphone Joe au patron de Harry, vous entendez bien, pas un pas dehors, et tant que vous y êtes, dites donc à Harry de ne pas oublier le revolver.

C'est le bagne, je le dis bien, c'est le bagne aussi terrible que si je marchais pieds nus dans la neige froide de Sibérie. Dans un sens, ce serait mieux ; si John Ford était avec moi, là-bas, il me donnerait un bout de pain, un sourire, des consolations. On souffrirait ensemble, j'échapperais à cet air suave, chaud, un peu venimeux, j'échapperais aussi à la cousine de

70

Lincoln et à Mary. Il ne faut pas j'oublie Mary. Je la sens fomenter quelque chose, elle ne veut pas que je sorte, elle est jalouse, elle le sait bien, elle, que je trouve un peu de plaisir ailleurs. J'ai laissé son derrière, ses belles jambes, elle ne me le pardonne pas.

C'est l'angoisse. On va m'attacher sur cette chaise-là : « Alors, papa, est-ce que tu es bien comme ça ? » et Mary passera, à moitié nue : « Tiens, c'est vous ? » La télévision se moque de moi : des avions partent pour Miami vers des mers bleues, des bateaux blancs et des voiles gonflées. Des jeunes couples s'embarquent, il n'y a pas un seul vieux.

Je prépare à la hâte, comme si on allait me l'enlever, mon vieux costume de Chicago, je vérifie tous mes papiers. Sur le carnet de chèques, j'ai dix-sept mille dollars. Je peux vivre de rien, j'en ai pour la vie, de ces dix-sept mille dollars.

— Vraiment, papa, tu n'as rien économisé ?

— Non, rien.

Joe m'avait expliqué que c'était bien dommage, qu'il pouvait les faire fructifier avec un très bon intérêt. Moi, j'avais eu honte de mentir à mon fils. Aujourd'hui, je pense que c'est la seule chose intelligente que j'ai faite. Qui sait si on ne pourrait pas louer un petit appartement à nous deux ? Moi, je vivrais bien avec John Ford, il est gai, j'ai besoin qu'on me fasse rire. Et puis, j'aime son visage, il a l'air d'un clown avec ses cernes trop gonflés ; dans ses yeux, une lueur venue de très loin, il sait qu'il vaut mieux rire que pleurer. « Toi et moi, de pauvres diables », voilà ce que disent ses yeux. Oui, habiter tous les deux à Venice, dans ce quartier de Los Angeles, aller voir les canaux et la mer, se promener sur le bord des vagues.

La route est longue vers Venice. Un taxi en maraude passe et ralentit. Jamais, je ne prendrais un taxi, j'ai trop peur. Je longe maintenant le Sunset Boulevard sur la petite allée sablée qui serpente sous les pins et les eucalyptus. Le sable a des reflets argentés, c'est le silence partout.

Où habite John Ford ? Voilà ce que je vais faire, aller dans un hôtel assez près de l'endroit où John s'assied. Bien me reposer. Attendre l'heure, lui dire franchement : « Je suis parti de chez moi. Veux-tu habiter avec moi, j'ai dix-sept mille dollars, on peut voir venir et, mon Dieu, même au besoin prendre un petit travail. »

Je me suis arrêté devant beaucoup d'hôtels, je n'ai pas osé entrer, je me suis finalement allongé le long d'un mur. Un policier a ri en passant son pied sous mon ventre :

— Alors, « old bag », qu'est-ce qu'on fait ici ?

J'ai bafouillé, je n'ai pu rien raconter qui tienne bien debout. Il a ri encore :

— Bon, bon, mais que je ne te trouve pas là demain !

Je suis fatigué, très fatigué. Ces trois ans passés à ne rien faire m'ont enlevé toute énergie. C'est bien de vouloir un petit travail, mais est-ce que je vais en avoir la force ?

Au petit jour, devant un café très chaud, je suis plus optimiste. Déjà, j'économise, je me suis refusé du bacon et des œufs. Au fond, j'agis comme à Chicago, c'est de cette façon que j'ai des sous aujourd'hui.

À cinq heures de l'après-midi, John n'est toujours pas là. Je fais des allées et venues, j'entre au super-marché, j'y vois l'enfant aux cheveux de jais qui mastique encore du chewing-gum. Il est du quartier, il doit connaître John Ford, peut-être sait-il même où il habite ? Je ne demande rien, je ne tiens pas à ce qu'on me remarque.

Maintenant, je mange mon pain et une tranche de jambon dans la rue, non loin de l'arbre sous lequel John vient s'asseoir. Des gens me regardent ; à force d'être exposé, on finit par se faire prendre. Joe doit bouger, c'est sûr, des policiers vont venir, celui d'hier soir qui me connaît, on va me remettre sous mon grillage.

« Toi, m'aimer ? dira Joe, toi qui es parti sans un mot, dans la nuit, avec tous les ennemis que j'ai ! Tu appelles ça aimer que de me laisser remuer ciel et terre, m'obliger à dire que mon père m'a quitté ! Je le sais ce que tu es maintenant, tu es mon pire ennemi, tu entends, papa, réponds, allez réponds ! »

Un bras me secoue vivement :

— Hé, hé, qu'est-ce qui se passe ? Mais réveille-toi, bon Dieu !

John Ford me regarde. Je pleure sur son épaule et il m'entraîne dans un coffee-shop, vers la table du fond.

— Alors quoi ?

— Je me suis enfui et on va me prendre.

— Quoi, quoi ?

Je mélange tout, je parle de Joe, de Mary, de la piscine, des « Benjamin Franklin », que je m'appelle Carson Lincoln, que ce n'est pas mon nom, bien entendu, je n'ai plus d'identité, je me sens tout nu et je veux mon vrai nom.

— Je ne comprends rien, rien de rien. Si tu prenais un autre café ?

— J'en suis au quatrième !

— Eh bien, ce sera le cinquième !

En me regardant d'un air un peu apitoyé :

— Ah là là, tous les emmerdements des humains !

Je regarde, un peu hébété, sa longue main qui vient recouvrir la mienne. Elle est chaude, elle veut me sortir de là en remuant doucement ses doigts sur les miens.

— Mais quand même, Iouri, il ne faut pas t'en faire comme ça !

— Mon fils m'appelle Erle.

— Mais moi, je m'en fous de ton fils ! Tu t'appelles Iouri, oui ou merde ?

— Oui.

— Vas-y donc pour Iouri, et raconte clairement, nom d'un chien !

J'ai repris l'histoire de A à Z et John Ford s'étonne :

— Ça alors ! Et tu n'as pas refusé de voir ce juge ?

— Non.

Il se plonge dans un abîme de réflexion :

— Rester ici n'est pas la bonne solution, finit-il par dire. Tu dois partir et vite parce qu'il te retrouvera, ton fils, et vite fait avec tous ses moyens !

— Où est-ce que tu habites, toi ?

— Parce que tu veux m'envoyer une carte postale ?

Il plaisante en m'écrivant son adresse et le numéro de téléphone de la voisine.

— En cas de besoin, précise-t-il, elle est gentille, Cathy. C'est elle, tiens, qui pourrait donner un bon conseil.

Elle n'en a pas le temps. John et moi marchons vers chez elle lorsque deux policiers nous arrêtent. Je sais qu'ils savent, je ne me défends même pas, mais je hurle lorsqu'ils veulent asticoter John. Il m'a entraîné, il est responsable, il faut qu'il s'explique.

— Non, non, ce n'est pas lui.

Je me tape sur la poitrine, je dis que c'est moi et moi seul, que je suis parti, que je suis venu lui parler, un point c'est tout. Et que si on lui fait du mal, on aura affaire à moi !

Découragé, je m'entends menacé comme menace Joe. Enfin, John est dehors, c'est le principal. Moi, j'attends Neal dans un couloir du commissariat. Mon fils ne veut pas me voir.

— Comme choc, vous lui avez foutu un rude choc, dit Neal.

Lui veut être gentil comme le policier d'hier soir.

— Causons, causons, qu'est-ce qui se passe ? dit-il encore.

Il m'a amené dans un très joli restaurant aux lampes fin de siècle avec des plantes vertes accrochées au plafond très bas. De ma place, je peux voir les fines ramures des fougères.

— Il se passe que je ne suis pas bien chez mon fils, voilà !

Je me répète encore une fois : « Est-ce cette richesse qui me gêne tellement ? Pas en ce moment, cependant ! Non, c'est plutôt que je m'appelle Erle et que ce nom est comme une épine plantée droit dans mon ventre. »

— Mais vous le savez bien, en dedans, votre vrai nom ?

— Alors, pourquoi aurais-je l'épine ?

Bien entendu il ne sait pas, mais qui saurait ?

— Enfin, que voulez-vous ?

Ce n'est pas en cinq minutes ni même en une heure qu'on peut répondre à une question pareille. Ce que je veux réellement, c'est retourner chez moi, en Russie, dans mon village, avec mes sous.

Neal, pour mieux m'écouter, s'est laissé aller contre la banquette, la main posée sur la moleskine. Une épingle d'or représentant une minuscule tête de cheval fixe sa cravate. Il a de l'allure, Neal, son regard posé sur moi est très sérieux mais sans une once de méchanceté.

— Alors, me presse-t-il.

— Ce que je veux, c'est prendre un petit appartement et passer un peu de bon temps avec mon copain John Ford.

— Invitez-le chez vous, ce copain !

— Ce n'est pas chez moi, c'est chez Joe.

— Oui, oui, bien entendu, mais c'est la même chose.

Non, non, ce n'est pas la même chose ! Pas du tout ! Installer John Ford devant mon grillage, lui faire voir Mary, même Kitty fera une sale gueule…

— Alors, grand-père, on ne répond pas ?

— Il faut m'aider, Neal, vous êtes puissant et puis Joe vous écoute. J'ai honte de vous parler comme ça, vous entendez, vous voyez ce que je suis en train de vous demander ? Tout ce que je ne peux pas demander à mon propre fils. Ce n'est pas une honte, ça ?

— Mais non, c'est normal, alors ce n'est pas honteux. On trouve toujours une issue à tout, donc on en trouvera bien une !

Il fait diversion en me racontant l'histoire d'un Polonais qui se regarde dans une glace, avance les lèvres pour faire « Ttt, ttt, ttt » avant de parler à son image. « Alors, tu sais, ttt, les Allemands sont des salauds, ttt, je les ai vus pendant la guerre tuer tout et puis après c'était les Russes. De grands salauds aussi, ils tuaient tout, ils tuaient tout, ttt, ttt. »

Neal fait toutes les mimiques, il est cocasse, je ris.

— Vous le connaissez ?

— Bien sûr que je le connais, c'est mon secrétaire !

— Neal, si vous me trouviez un petit travail ?

Ses yeux redeviennent sérieux, calculent en me regardant. Dans le fond, il s'amuse.

— Vous ne voudriez pas déshonorer votre fils ? Un milliardaire, envoyer son père vers un petit travail ! Allons, grand-père, voyons, un peu de bon sens.

Je demande ou je ne demande pas ? Oui, je demande :

— Mais pourquoi aime-t-il tellement l'argent ?

— On expurge, grand-père, on expurge tous à notre façon et Joe comme les autres.

Grand-père, tous ces grand-père… Justement je ne le suis pas, un grand-père, et je ne veux pas l'être ! Mary ne peut pas avoir un petit Voronine dans son ventre.

— En tout cas, moi, je ne veux pas de son viager, je n'en veux pas, je ne veux rien.

Neal allume une cigarette, m'en offre une. Nous fumons en silence.

— J'étais en train de me demander, dit enfin Neal, pourquoi vous détestez autant l'argent ?

— Oh, mais je ne le déteste pas, il est bien utile l'argent (je pense à mon carnet de chèques bien caché dans la poche de mon veston).

— Alors ?

— Alors, alors mon fils est un cerveau, pas d'émotions, il est devenu comme une éponge qui absorbe tout et ne donne rien.

— On peut être ainsi sans avoir de l'argent !

Autant qu'il me dise que Joe est né comme ça. Il me blesse, Neal, il m'enlève toutes mes illusions. Mon fils est né misérable, sans cœur, sans âme. Ce n'est pas sa faute, c'est la nôtre, à Genia et moi.

— Allons, rentrons, dit Neal.

— Mais je ne veux pas !

— Il vaut mieux.

En route, il cherche à me consoler. Il va parler à Joe, aviser, on ne veut que mon bonheur, alors ?

Il me remet dans les mains de Kitty.

— Kitty, je veux vous dire…

— Non, non, ne me dites rien, débrouillez-vous tous en famille, vous n'êtes pas de ma famille que je sache !

— Mais vous vouliez me mettre sur votre sein !

— Ce serait bien dommage, coupe-t-elle, parce que je crois que vous portez la guigne (elle se signe à toute allure).

— Moi ?

— Non, le pape.

Si je m'écoutais, je m'affalerais sur cette chaise, au coin de la table. Mes jambes tremblent, je suis si fatigué. Mais Kitty quitte la pièce sans céder d'un pouce. Elle me rejette très loin et je me traîne jusque dans ma chambre.

La maison est silencieuse. Pas de télévisions, pas de téléphone, le silence aussi dans la chambre de Joe. La cousine Lincoln me regarde fixement, la nuque emprisonnée dans ce ruban noir. C'est alors que je vois pour la première fois un bouton de rose planté à son décolleté et ça lui va très mal. Le peintre n'aurait pas dû faire ça. Tout d'un coup, je pense que cette Lincoln-là devait être riche. Je dois me lever, je dois voir si Abraham Lincoln était riche. Je trouve l'*Encyclopaedia Britannica* et je vais retourner dans ma chambre lorsque j'entends le bruit d'une voiture. Quelques secondes plus tard, des voix, celles de Joe et de Mary. Je me dépêche de traverser le plus vite que je peux la salle de gymnastique puis un petit salon, me fourre dans mon lit et cache l'encyclopédie sous les couvertures. Éteindre la lumière, vite. Joe voit un éclair avant d'entrer dans l'obscurité et d'allumer à nouveau.

— Je ne dors pas, moi, et toi non plus, tu ne dormiras pas !

Il s'approche du lit :

— Les Russes aiment la comédie, faire beaucoup de théâtre mais, avec moi, ça ne marche pas. Et je suis venu te le dire.

— Joe…

— Tais-toi, je n'ai pas fini.

Il sort un papier de sa poche, lit d'une voix de fonctionnaire qui rend son rapport :

— John Ford, soixante-neuf ans, célibataire, né à Tulsa, Texas, venu en 1950 en Californie, établi à San Francisco puis Las Vegas, puis Los Angeles. Habite actuellement Venice. Une seule profession : exterminateur.

Joe se recule comme si j'allais lui apporter quelque bête tuée par John Ford. Il donne une claque sèche au papier.

— Bref mais clair, non ? Un tueur de rats, et tu t'encanailles avec ça !

Je pense à Tony l'Italien de Chicago, je ne peux penser qu'à lui. Est-ce que Joe l'a connu ?

— Tu veux m'écouter, oui ou merde ?

— Mais…

— Qu'est-ce que tu lui as raconté ?

— Rien.

— Tous les Russes sont des menteurs, tu lui as raconté, dis-moi ce que tu lui as dit ?

— Que je voulais partir d'ici !

— Ce n'est pas ce qu'il m'a dit !

Joe a posé ses deux mains sur le fauteuil, en face de mon lit, tend son buste vers moi et son regard accuse :

— Tu m'as trahi, tu n'as aucun respect pour ton fils, tu divulgues toutes nos histoires de famille à de la racaille, tu cours le risque de nous amener quelques criminels, mais n'est-ce pas, qu'est-ce que ça fait ? Tu me détestes à ce point, mais dis-le, que j'entende et qu'on en finisse ! Alors, *pourquoi* me détestes-tu ?

— Mais je t'aime, Joe.

— Tu m'aimes, tu dis que tu m'aimes, mais comment tu m'aimes ?

— Tu ne comprends donc pas que cette richesse m'écœure, non, ce n'est pas ça que je veux dire, je l'accepte ta richesse mais pourquoi on en meurt tous ?

— Mais moi, je n'en meurs pas, je suis content, fier. Peut-être que si tu en avais fait autant, je pourrais me reposer, je ne *mourrais* pas, comme tu dis.

Il se tait brusquement comme s'il attendait une réponse. Est-ce que c'est son silence qui m'aide, ou alors est-ce que j'ai un peu de courage ? Je ne veux plus m'arrêter, je me redresse sur mon lit, les couvertures montrent l'encyclopédie, mais je m'en fous et je crie :

— Tu ne seras jamais un prince mais un miteux, un nouveau riche qui nous en fiche plein la vue, qui regarde le caca qu'il fait, et on doit admirer, mais pourquoi ? Qu'est-ce que tu fais de beau ? Tout le monde a peur de toi, tu es content d'asservir, d'écraser, tout le monde a peur de toi, tout le monde cherche à te tromper, à profiter de toi et tu me fais pitié et j'ai honte…

Un éclat de rire m'interrompt, tellement insultant que je me lève, je vais le battre. Il m'arrête des deux bras tendus, me tient loin de lui puis me lâche.

— Tu as de la chance d'être mon père.

Il est parti.

Dans l'encyclopédie, il y a deux Lincoln, Abraham et un William d'Aubigny, comte de Lincoln vers 1139 en Angleterre. Lequel a choisi Joe ? Le premier qui parle de politique de nécessité ou le second qui aimait la bagarre ? Sans doute les deux.

À travers le grillage, je vois une lune ronde et très pâle treillagée de fil de fer. Autour d'elle, les étoiles découpées en petits morceaux. Le ciel est plein de calme et je regrette. J'ai fait du mal pour rien, rien du tout. J'aime mon fils, je lui fais du mal, j'aime John Ford et je l'ai mis dans de sales draps.

« Vous portez la guigne », a dit Kitty. Peut-être bien. C'est quand on a le cœur gonflé d'espoir qu'on peut faire du mal. On s'élance vers l'autre, on croit qu'il est comme nous et qu'on va communier ensemble…

Je suis las, mon Dieu, comme je voudrais dormir.

Parce que je suis un fou, je recommence un dialogue avec Joe le lendemain.

— La vie est drôlement bête, tu ne trouves pas ?

— Oui, si tu veux, admet Joe.

Je veux être gentil, m'approcher de mon fils. Au moins, qu'on ne se regarde plus en chiens de faïence.

— Mais quand même, tu as vu comme le soleil a brillé aujourd'hui ? Et on a une si belle soirée.

— Oui.

Mary ne mange pas avec nous. Elle dit avoir très mal à la tête. J'ai mon fils pour moi, pour me rattraper un peu. Et puis, les grillons chantent. Je les ai toujours aimés. Ils apportent la paix à mon cœur qui se gonfle de mansuétude.

— Peut-être alors qu'être bon, charitable, pardonner les offenses…

Joe se réveille comme sous un coup de fouet, son regard devient aussi dur qu'un minéral :

— Quoi ? Qu'est-ce que tu dis ? Et les autres, tu les vois, toi, bons et charitables ? Qui te pardonne d'être bon et charitable ? Tu veux être un ballot, mon pauvre papa ?

Viennent alors les conseils :

— Réfléchis un peu, il n'y a que le pouvoir qui puisse te sauver. On t'admire alors. Tout le monde se croit bon et charitable, mais peu accèdent à la puissance. C'est pour cela qu'on t'admire, papa.

C'est le gouffre. Les autres, les autres mais pas mon fils. Il a cessé de manger, ne me quitte pas des yeux.

— Non, je vois que tu ne comprends pas. Mais comment es-tu fait ? De quoi ? Pourquoi toutes ces illusions ? Qu'est-ce que tu crois ? Qu'on peut vivre comme tu le dis ? Allons, papa, il faut être réaliste.

Je me sens perdu, je ne veux plus rien dire.

La voix de Joe :

— Mais tu nous empêches de vivre !

Est-ce que j'ai empêché Genia de vivre ? Peut-être aurait-elle voulu de la soie et des fourrures, les vingt-cinq pièces d'ici, et Kitty, et John ? Joe lui aurait paru fort, un vrai homme.

— Qu'est-ce que tu lui as fait mener comme vie ? Trente ans dans un café, lavant les bols, les soucoupes et les assiettes devant des poubelles à remplir de détritus. Finir par repasser chez un Chinois ! C'était intelligent, ça, tu étais bon et charitable, mon pauvre papa !

La voix de Joe devient stridente, elle remplit toute la pièce :

86

— Et moi, moi, qu'est-ce que tu as fait pour moi ? Une école religieuse pour sauver ta bonne conscience et puis tes éternels conseils : « N'oublie pas que tu es russe, et les Russes on est nés comme ça, comme ça, on doit faire comme ça, et comme ça. » Et la gifle que tu m'as donnée dans ta misérable pièce d'où on ne pouvait pas s'échapper ! Tiens, parlons-en de ta pièce où on devait s'asseoir pour laisser passer l'autre ! C'était toi le chef, le leader, tu l'avais ta puissance en nous faisant crever comme des bêtes ; tiens aussi, les cafards qui montaient dans l'évier. Tu n'as jamais su que, la nuit, je me levais pour les arroser d'essence et que je crevais de peur, et que j'en crève encore aujourd'hui. Mais non, papa, regarde ton nombril, regarde comme il est bon et charitable, ça te permettra de mieux me mépriser.

La voix de Joe s'enfle démesurément :

— Parce que c'est ça que tu fais depuis que tu es dans ma maison, tu oses mépriser ma vie, mais de quel droit ? Qu'est-ce que je t'ai fait, moi, en t'offrant de venir chez moi ? J'étais heureux, content, tu pourrais l'être toi aussi dans le soleil et les fleurs que tu aimes. Et tu médis de moi, mais oui, mais oui, ne hoche pas la tête, tu crois que je n'ai pas vu comme tu accaparais Kitty ? Comme tu lui dis tout ce que tu as dans le ventre contre moi, oui, contre moi, et ça ne te suffit pas encore ! Il te faut un autre témoin, un exterminateur, un type qui a peut-être touché des bêtes ! Et tu voudrais que je garde ton nom ! Pour quoi faire ? Les Voronine sont morts avec toi, finis, disparus, enterrés, tu entends, papa, enterrés.

Joe fait une grimace odieuse. Ses yeux se ferment, sa bouche tremble, il est très malheureux. Alors, il vomit une chose terrible :

— Et si je ne suis pas venu à l'enterrement de maman, c'était parce que c'était ton chien, pas le mien.

Plus rien dans la pièce, la voix de Joe a disparu et je me sens très coupable. Alors, tout le monde a raison ?

C'est peu après le crépuscule, lorsque des petites rides d'eau glissaient à la surface de la piscine, que j'ai senti une force terrible en moi. Je m'en sortirai, mais oui, sans même savoir comment. JE M'EN SORTIRAI.

— Papa, on t'attend.

Il y avait si longtemps qu'aucun invité n'était venu à la maison que, contrairement à mon habitude, je me suis mis à examiner le nouveau venu, à ne plus le quitter des yeux. Il est vrai que sa voix m'y contraignait un peu ! Une voix enthousiaste, des mots qui percutaient, soucieux de captiver, de mettre l'adversaire à sa merci. Et ces mains qui parlaient aussi, s'avançant, reculant, faisant des dizaines de pirouettes devant le nez de Joe qui l'écoutait, impassible.

— Voilà pourquoi il faut le faire, ce film ! Des idées comme ça ne courent pas les rues… n'ai-je pas raison ?

— Si, je vous le concède, dit Joe.

Neal ne dit mot, mais ses yeux rétrécis ne quittaient pas le visage de l'homme, ce visage rond aux beaux yeux qui brillaient, au menton large et déterminé, au nez court et fort. En y ajoutant ses mains puissantes, sa force était telle qu'il aurait pu étrangler le monde.

Il était venu chercher l'aide de Joe pour mettre sur pied une histoire des années 30. Il s'agissait d'un vieil homme à la ruse et détermination diaboliques qui, en vingt ans, avait tué au moins une centaine d'enfants, en échappant toujours à la police. Complètement dérangé, il s'enfonçait des aiguilles dans les doigts, se flagellait, ornait son sexe de roses, faisait de même à toutes ses victimes, leur infligeant des souffrances inimaginables puis les décapitait, les découpait en morceaux et les mangeait. C'était alors l'extase.

L'invité avait les idées tout à fait claires, le scénario installé dans sa tête. Le criminel serait pris dès l'enfance, dans une famille assez malade elle aussi. On le verrait cruel, méchant, mais se jetant facilement à genoux pour implorer le Créateur. On le verrait se prostituer, marié trois fois avec des veuves ayant des enfants, qu'il ne touchait jamais, il leur en faisait d'autres. Un très bon père.

On le suivait dans sa fuite d'État en État, entraînant sa famille, trouvant toujours des victimes qu'il appâtait par un bonbon ou quelques sous.

Ici, l'homme s'est arrêté pour prendre un livre dans sa poche, l'ouvrir à une page cochée et lire : « Ses yeux larmoyants étincelaient à la pensée d'être brûlé par un soleil bien plus intense que les flammes avec lesquelles il embrasait sa propre chair pour ses besoins luxurieux. Mourir sur la chaise électrique, ce sera le frisson suprême, le seul jamais expérimenté. »

— Écoutez aussi : « Je suis un homme de passion. Vous ne pouvez comprendre ce que cela signifie à moins d'appartenir à la même espèce. À l'orphelinat où on m'avait placé, des garçons avaient trouvé un cheval dans un champ. Ils ont arrosé d'essence sa queue, y ont mis le feu. L'animal, fou de douleur, a sauté la barrière, mais le feu le poursuivait. Ce cheval, c'est moi. Le feu me poursuit et me rattrape et s'insinue dans mon sang. Me voilà propulsé dans le monde par l'extase de la mort. »

L'homme a fermé le livre. Il y a eu quelques secondes de silence.

Puis le regard de Joe s'est tourné vers Neal.

— Qu'en penses-tu ? a-t-il demandé.

— Bon pour les appétits humains ! a répondu Neal. Imagine-toi, pour le public, le plaisir du sang, de tout ce sang jeune qui court dans tous les États du Nebraska au Wyoming en passant par la Caroline ? Le public marchera…

Brusquement :

— Et vous avez chiffré ? ajoute-t-il.

— Oui, dans les soixante millions de dollars.

Neal a dû donner un léger coup de pied à Joe qui tranche.

— Bien. On se réunit samedi prochain. Vous aurez une réponse.

Dans le livre, il y a une phrase qui me revient : Quelque part, dans le monde, le soleil et la terre se rencontrent pour se parler. Tous deux sont tristes, très tristes. On ne les aime plus, on ne les respecte plus. Personne ne prend plus une poignée de terre dans la main et personne ne lève plus les yeux vers le ciel. Les hommes et les femmes s'ennuient, il leur faut des sensations, frémir d'horreur ou d'extase.

J'entends vaguement que l'homme lance une fois de plus :

— Et pensez bien au titre, *Le Désaxé lunaire*.

Le « désaxé lunaire, le désaxé lunaire », ces mots ont volé au moins une vingtaine de fois au-dessus de nos têtes.

— Tu viens, papa ?

Ils sont déjà debout et me regardent. Je rougis et me dépêche. On raccompagne l'invité en haut du perron.

Ensuite, je questionne :

— Qui est cet homme, Joe ?

— Le plus grand metteur en scène américain, me répond-il avec contentement.

III

Alors le type qui a envoyé une corde à mon fils a lui aussi raison ? Une corde avec un nœud coulant que Joe a accrochée à l'entrée de la salle de gymnastique en riant :

— Vous voyez, comme ils ont peur !

Il s'est aussi fichu de moi :

— On dirait que ça te fait quelque chose. Mais c'est une plaisanterie à la mode, ça se fait entre gens qui s'estiment.

Que fait-elle à attendre là, cette corde immobile, dans cette entrée toujours sombre ? Joe l'a placée très bas, intentionnellement, le nœud à hauteur d'homme :

— Oui, comme ça, a-t-il dit, c'est plus impressionnant.

Il a ri encore en s'écartant de trois pas pour bien juger et, j'en suis sûr, pour se mesurer avec elle. « On t'a à l'œil, dit la corde, je suis ici pour toi » et le regard silencieux de Joe répond : « Pas si vite, pas si vite... » Chaque fois que je passe, je la contourne et je ne peux m'empêcher de lui donner une claque.

— Attention de ne jamais y fourrer votre tête, a lancé Joe à John, le mari de Kitty qu'il n'aime pas beaucoup.

— J'y prendrai garde, dit John, écartant cette plaisanterie de mauvais goût par un ton impersonnel.

Mon fils est touché. Il peut rire, plastronner, je sens bien qu'il a reçu un coup. Si les hommes d'affaires s'envoient de telles horreurs, c'est qu'ils ont des comptes à régler. Et ils les règlent bien tristement. Mais pas Joe, pas lui tout de même…

Mary est passée à côté de la corde. Elle a eu le même geste que moi en la faisant se balancer du bout des doigts. Joe l'a vue, il a pâli, le regard curieusement étonné. Mais pourquoi donc ? Genia, elle, m'aurait pris dans ses bras. Elle m'aurait dit qu'il y a des gens méchants : « Allez, Iouri, prends donc ta veste, on va faire un petit tour », et nous aurions fini tous les deux au bord du lac Michigan, là où il y a des bancs pour regarder l'eau tranquille et les mouettes qui volent au-dessus.

— Avec ces grands oiseaux, j'oublie tout, Iouri.

Moi pas. Mais c'était un contentement. La tendresse de Genia, son envie d'aimer. Joe y était sensible et il a eu peur de la mort de sa mère. Il a refusé de l'embrasser une dernière fois. Lorsqu'elle était malade, il envoyait des télex : « Je viens jeudi », « Impossible venir », « Impérieux motif. Je ne viens pas ». Et sa mère est morte.

— Iouri, c'est normal, il est tellement occupé. Pourvu qu'il mange bien. Tu te souviens, il n'avait jamais faim.

Il ne mange pas mieux devant la belle vaisselle, les beaux verres, le beau bouquet de fleurs. Il écarte toujours son couvert pour poser sa bière. Il déplace le bouquet de fleurs pour cacher le visage de sa femme. Mary se contient en écrasant des miettes de pain entre ses doigts.

— Tu verras, Iouri, il aura une bonne épouse et nous des petits-enfants. On pourra les garder pendant les vacances, me disait Genia en jetant un regard de reconnaissance sur l'icône placée sous la reproduction d'une forêt de jeunes bouleaux comme il y en avait une à Sarov.

Ce n'est pas demain la veille, des vacances pour mes petits-enfants. Genia ne peut plus en souffrir, mais moi ?

L'autre matin, il a fallu être prêt à neuf heures. Neal venait avec des papiers. J'aurai les « Benjamin Franklin » que je ne veux pas, que Mary voudrait et qu'elle n'aura pas.

Joe et Neal étaient assis, l'un à côté de l'autre derrière la table du bureau. Moi, je leur faisais face. C'est comme si j'étais devant un tribunal où mon fils tente de donner un sens à tous ces papiers pour moi, pour moi… Et j'étais ému. Je regardais le nez de Joe, le même que celui de ma grand-mère, droit, fin, assez élégant.

— Joe, je te demande pardon.

— De rien, de rien, c'est très bien comme ça.

Il n'a pas levé la tête, son œil n'a pas quitté la feuille de papier qu'il tenait entre ses mains.

Neal m'a glissé une liasse en me demandant d'y apposer mes initiales et ma signature à chaque page. I.V. ou E.L.C. ?

— E.L.C. sur chaque page, a dit Neal d'un ton neutre.

— Mais si tu avais des enfants, Joe ?

Mon fils me regarde, l'œil méchant.

— Non. Jamais.

Je signe donc, découragé. Que faire ? Je leur ai tout dit, à l'un comme à l'autre. C'est vrai que je suis devant un tribunal qui a décidé que je serai condamné. Pour se défendre, il faut du courage et là, devant eux, je ne m'en sens aucun. Je signe… Je signe…

— Merci, papa, dit Joe en refermant son attaché-case.

Neal me sourit comme on sourit à son frère. Il a dit un jour qu'on expurgeait tout à notre façon. Bien. Voilà. C'est fait.

Mary aussi expurge quelque chose en montrant son derrière. On dit que c'est une femme du monde. C'est vraiment ça, une femme du monde ?

Aujourd'hui, on est encore là devant la piscine. Son maillot brille au soleil. Sa tête est enfouie sous ses bras et elle remue doucement les jambes. Soudain, elle se lève, enlève son maillot, reste trois secondes debout, toute nue devant moi, et plonge. Un vrai saut de l'ange. Le jardinier l'a vue. Il venait vers nous avec son filet à papillons à la main. Trois ou quatre feuilles à sortir de la piscine.

— Allez-vous-en, crie Mary en agitant une main qui le chasse.

Il déguerpit. J'en ferais bien autant, mais mes jambes sont un peu ankylosées. Je ne veux pas lui faire plaisir, lui montrer ma vieillesse.

— Allons, chuchote Kitty derrière mon fauteuil, venez, ne la regardez plus.

— Non.

Tiens, ma foi, comment va-t-elle sortir de ce bain ? Je veux voir. Non, je ne partirai pas.

— Allons, chuchote encore Kitty.

— Jamais.

Mary a entendu. Elle répond par un rire clair et net, puis deux brasses, les mains s'agrippent, elle se hisse à la force des poignets, je reçois ses reins et tout le reste. Elle saisit son peignoir, me tourne le dos. J'en profite pour me lever.

— Vous êtes fou, siffle Kitty entre ses dents.

— Non.

Nous entrons tous les deux dans la bibliothèque.

— Mais pourquoi ? dit-elle plus haut après avoir refermé la porte.

— Parce que c'est une femme du monde.

Elle hausse et secoue sa tête de droite à gauche dans un geste de profonde pitié. Pauvre Voronine, déjà sénile !

— J'ai un plan, dit-elle, nous, on n'aura rien vu ; je vais le dire au jardinier, il n'aura rien vu non plus…

Trois à nier. Et si elle dit encore une fois que vous avez la bave aux lèvres, alors là…

— Décidément, vous savez tout !

— Oui, je sais tout.

Les yeux verts deviennent solennels.

Je m'assieds. La haute charpente de Kitty me surplombe, occulte la clarté brillante venue de la fenêtre. On est dans une douce obscurité. Il me semble que la merlette piaille très près de nous.

— Tout ça est bien marrant.

— Oh, vous ! s'indigne Kitty, vous riez quand c'est tragique et vous pleurez pour des broutilles.

Toujours devant moi, elle m'empêche de rentrer dans ma chambre.

— Vraiment, j'en ai marre.

— Mais moi aussi, ma pauvre Kitty. On a tous l'air de marionnettes dans un grand déménagement.

Ça ne lui plaît pas du tout ! Les yeux verts me regardent avec mépris. Elle m'annonce que je suis un égoïste. Évidemment, pourquoi serait-on sérieux quand on n'a plus aucune responsabilité ? Mais elle, écrasée de travail et les serviettes et l'eau de Cologne, et les bibelots en plus du ménage et de la cuisine. Jamais elle n'aurait cru à un tel esclavage !

Je ris instinctivement. Son beau visage noir, je le vois dans un champ de coton, sous un foulard vert comme ses yeux, mais ce n'est pas du tout *La Case de l'oncle Tom* parce que Kitty chante sous le soleil, au milieu de toutes ces boules cotonneuses.

Mon rire l'a blessée, elle quitte brusquement la pièce. Pendant deux jours, elle ne me causera plus. Neal est venu dîner. D'habitude, Kitty me lance des petits regards amicaux. Ce soir, elle m'ignore. Mais je me régale quand même. Mary n'est plus nue, elle est même trop habillée avec un gardénia rosé piqué sur une robe rouge. Dans de minuscules flûtes d'argent, des gardénias rosés devant chaque couvert. Mary doit trouver ça très chic. Pour Joe, c'est un rappel au pauvre métier de son père. Quant à Neal, il a sa bouteille de bière devant lui, une main posée sur le goulot.

Qu'est-ce qu'elle fait, Mary ? Pour qui et pour quoi se prépare-t-elle ainsi ? Ils veulent la détruire, elle le sait, elle résiste. Pourtant pas jusqu'au bout lorsqu'ils rient en attaquant une deuxième bouteille de bière. Elle se lève brusquement.

— Vous êtes deux canailles.

— Non, dit Neal placidement.

Il pose une main rapide sur la main de Joe qui va bondir. Mary lance son verre et le gardénia à la tête de Joe qui l'évite à peine.

Neal se met à fredonner doucement :

Hello, Dolly, well, hello Dolly
It's so nice to have you back
Where you belong…

Neal a gagné. Joe se met à rire. Mary s'en va lentement, le dos hautain.

— Vieux, il ne faut jamais donner satisfaction à la bêtise, laisse tomber Neal qui a suivi Mary des yeux… Alors, Kitty, ça va ?

Elle a reçu le contenu du verre sur sa jupe. Le gardénia est à terre. Kitty maugrée que, si elle avait été enceinte, on lui aurait fait passer !

Neal rit aux éclats.

— Eh bien, merveilleuse soirée, les amis. C'est bien quand il y a un peu de mouvement… Vive la dame au gardénia !

Que va faire Joe ? Aller traîner dans les bidonvilles de Los Angeles pour se réconforter : « Je pourrais y être dans ce bol de merde, mais je n'y suis pas », ou alors injurier sa femme ?

Qu'est-ce qui m'a poussé à venir ramasser ce gardénia lorsqu'ils sont tous partis ? Il est d'une espèce très rare, le cœur à peine violeté, caché dans un touffu rosé. Il vaut très cher, ce gardénia. Qu'est-ce qui m'a poussé à aller voir la corde immobile dans l'ombre ? Comme si quelqu'un allait l'utiliser. Comme si quelqu'un allait y passer son cou. Allons donc ! Ici ?

En fumant ma cigarette, j'écoute ce que dit John Wayne à un marchand de vaches désespéré. Le western s'intitule *Loin du paradis*, c'est comme ici, tout à l'heure. Le marchand de vaches grimpe sur son cheval, Wayne aussi et il court jour et nuit dans des montagnes rouges vers le bétail volé qu'ils retrouvent naturellement.

C'est dur d'être seul. Si John Ford était là, il me dirait : « Tu crois que ça vaut le coup de regarder ça ? », au moins j'entendrais quelque chose. Tiens, quelques mots de-ci de-là qui me rendraient bien reconnaissant. Mais seul, tout seul...

Pourtant, je reste calme, grâce à Neal. Lui comprendrait. Il s'amuserait bien de ces deux vieux. Je serais bien capable d'utiliser le samovar en or pour qu'on ait du thé tous les deux, à la russe, pas comme celui de Kitty. John Ford dirait « Iouri » par-ci, « Iouri » par-là, et moi, je me verrais chez moi, dans mes bottes de feutre, lorgnant l'ombre d'un loup. Le père Lermontov passerait dans sa troïka, la tête cachée sous sa chapka. Il crierait en levant la main : « Elles reviennent, les maudites bêtes », et moi hurlant : « J'ai un samovar en or. » Ridicule. Mais c'est peut-être comme ça que vivent tous les vieux de la terre. On mélange tout pour se distraire, on veut sauter au plafond, faire les fous comme à vingt ans quand je dansais, mes jambes rasant le sol. Et Ludmilla qui était amoureuse de moi et me chantait de sa belle voix :

Petit oiseau, te voilà
Pris à notre piège
Tu ne t'échapperas pas
Malgré ton manège...

J'ai aimé Genia. Elle était douce et dévouée. Elle a dit « oui » pour le départ en Amérique. Je voulais être marin. Je ne l'étais pas, mais j'ai vu l'Océan. Six mille kilomètres d'eau, les îles et les oiseaux.

L'Océan était vaste. Nous, on avait quarante ans à nous deux et beaucoup de courage.

Dans mon lit, je pleure. Je suis trop seul, trop seul. Mais, nom d'un chien, qu'un typhon emporte tout et moi avec…

— Pour que Monsieur Joe vous voie, ou Mary, clame Kitty hors d'elle, ah non, Monsieur Erle, jamais !

Elle a dit « Erle », elle ose m'affubler de ce nom ! Kitty devient une ennemie à abattre.

— Ne dites plus jamais « Erle », plus jamais, vous entendez, ou je vous fais chasser par mon fils !

Elle a peur. Ah, comme elle a peur ! Elle ne pense plus du tout à partir pour New York, Kitty ! Elle me doit beaucoup, je la rends importante, Kitty. Qui la fait rire en voulant aller danser avec elle sur le plancher du bal ? Qui lui permet de me houspiller un peu pour qu'elle ait quelque diversion dans cette vie d'abrutis que nous menons tous, ici, tous les jours que Dieu fait ? Moi, rien que moi. Alors pas de « Erle », jamais !

— Je veux la boîte à chaussures et je l'aurai.

Kitty, collée au placard, abaisse lentement les bras. Je me sens comme un taureau furieux, je la bouscule et elle s'écarte. Je l'ai, cette boîte à chaussures que je lui réclame depuis une heure !

Kitty se venge en allant vers le téléphone, grognant que Monsieur Joe lui a donné des ordres, qu'il refuse que je m'ankylose parce que, quand on est vieux, il faut bouger.

Un genou appuyé sur la banquette, dans la cuisine, elle téléphone à Harry. Une fois de plus, dans cette limousine, j'aurai les genoux qui entreront dans mon ventre, mais je bougerai, n'est-ce pas, ah oui, je bougerai bien !

Je cire avec rage mes souliers un peu avachis. Ceux-là aussi ne conviennent pas. C'est une des secrétaires de Joe qui doit venir avec moi, chez le marchand. Plutôt crever, oui !

Sans bien me rendre compte, je pousse un « merde », en russe, si retentissant que Kitty file comme un zèbre pour ramener John. Et John me trouve en chaussettes, assis sur la banquette, un soulier enfoncé dans ma main et la brosse faisant reluire le soulier. Sa bouche veut articuler je ne sais quoi. Elle ne peut pas, reste ouverte sur une lèvre tremblotante. D'habitude, John est un beau type mais là, planté devant moi, sans voix, il a l'air un peu ballot. Monsieur Joe ou le père de Monsieur Joe ou la femme de Monsieur John naviguent sur des eaux trop tumultueuses. Il ne s'y aventure pas, il y serait chaviré.

— Je ne dirai rien, dis-je en bougonnant.

Kitty hausse un peu les épaules mais elle est bien contente.

— Puis-je partir, Monsieur ? demande John.

Il est bien venu de son plein gré. Alors, pourquoi ne pas partir de même ?

— C'est une question de style, me répond-il calmement.

Bien. Alors, si c'est une question de style…

En attendant, on recommence avec Harry à monter et descendre les collines de Hollywood, enveloppés de la sempiternelle musique classique. J'en connais maintenant des noms et des airs de musiciens, de quoi en remontrer à la grosse Madame Williamson, celle qui a quitté nos marguerites jaunes pour toujours !

On va, on va derrière ces vitres blindées que Harry assure indestructibles, si utiles à Monsieur Carson Lincoln pour se protéger de la folie du monde.

— On voit quand même de drôles de trucs, dit Harry, il y a même des morts qui reviennent sur la terre. Ce matin, ça y était sur le journal. Une veuve très riche qui avait des boutiques sexy, des revues pornos, des instruments terribles pour… pour… (sa voix devient inaudible) a reçu la visite de son mari qui venait de l'Enfer. Ses yeux brûlaient comme du charbon. Il lui a dit qu'il était condamné à l'Enfer pour l'éternité. À elle d'y échapper en vendant tout et en donnant son argent aux pauvres. C'est ce qu'elle a fait et maintenant, elle vit près d'une église dans un deux pièces-cuisine. Vous vous rendez compte, Monsieur ?

— Vous devriez raconter cela à mon fils.

— Oh non !

— Tant pis.

On va, on va dans ces montagnes russes et on l'a, notre petit manège de maisons et de buissons, encore de maisons et de buissons. Là, devant moi, un ballon bleu est immobilisé dans de hautes herbes.

— Arrêtez-vous, s'il vous plaît.

Le ballon s'envole à peine à un mètre du sol, file trois à quatre mètres, se pose à nouveau puis se met à marcher comme un petit vieux qui clopinerait. À nouveau en l'air, à nouveau au sol. Il veut s'envoler, il ne peut plus. Mais si, encore une tentative. Il retombe près d'un de ces buissons, énorme boule légère qui se détache pour filer sur les routes, les jours de tempête.

À la fête foraine, Joe l'avait voulu jaune son ballon et il l'avait fait éclater immédiatement entre ses mains.

— Un autre, un autre, demandait-il.

Genia avait dit « non », et Joe lui avait donné une tape sur la main. Elle avait frotté sa main en silence.

Mon Dieu, mon Dieu, que j'aie un peu de paix, voulez-vous ?

Dieu ne veut pas. Joe hurle à table, l'œil terrorisé, devant une guêpe qui tourne autour de son verre. Il s'est levé, s'est écarté en tendant son bras vers la malheureuse bestiole que je chasse d'un coup de serviette. Pour Joe, plus de terreur. Son visage devient glacial et méchant, sa voix martèle qu'il va chasser tous ceux qui-ne-lui-obéissent-pas. Est-ce qu'il n'a pas ordonné qu'aucune bête, de quelque-ordre-que-ce-soit, ne rentre jamais dans sa maison ?

Tous se fichent de lui. Ah, bien sûr, pas pour le profit qu'ils en retirent ! Se goberger à ses frais, voilà ce que chacun veut, mais pas de ça, Lisette ! C'est lui et lui seul qui peut tous les mater.

Kitty est un peu pâle. Elle ne bronche pas.

— Alors, Kitty, l'explication ?

Vraiment, elle ne sait pas.

— C'est peut-être le figuier, finit-elle par dire.

— Un figuier, quel figuier ? Qui a planté un figuier sans mon ordre ?

— Le jardinier.

— Demain, vous le chasserez. Qu'il envoie sa note à ma secrétaire.

— Bien, Monsieur.

Kitty brûle de partir, mais comment ? Joe calcule, les yeux rétrécis, le visage mauvais, en la regardant fixement.

— Où est-il donc, ce figuier ?

— À côté du grand chalet, Monsieur.

Mon fils est grotesque. Il faut arrêter l'alarme, déverrouiller la porte du jardin, aller dans la nuit avec une torche électrique. La haine conduit Joe qui marche à côté de Kitty. J'ai suivi sans qu'on me le demande. Un jeune arbre aux larges feuilles nous regarde. Joe se met à le secouer, à lui donner des coups de pied pour le déraciner. C'est presque obscène et je m'enfuis.

C'est là, dans ma chambre, que mon cœur s'arrête un peu de faire le fou, mais je suis d'une tristesse infinie. Mon fils est incapable d'aimer. Rien du tout.

Il n'aime rien, ni les bêtes, ni les plantes, ni les humains. Pas un miaulement de chat, ou un aboiement de chien dans cette maison. Des pas humains seulement sur des parquets cirés, glissant à côté de meubles de prix. Les injures, les mauvaises pensées de tous. Et si Joe était fou ? Bon à se fixer sur une seule chose répugnante, faire des affaires, tous les jours, jusqu'à en mourir.

Je ne peux pas dormir et je fume. Trois, quatre, cinq cigarettes. Demain, Kitty pincera ses lèvres devant l'odeur de fumée. Joe refuserait si je lui demandais : « Laisse-moi vivre dans un des chalets. » Au moins, j'y vivrais comme je veux. Mais non, c'est impossible. Alors, que faire ?

C'est peu après l'aube, lorsque des petites rides d'eau glissaient à la surface de la piscine, que j'ai senti une force terrible en moi. Je m'en sortirai, mais oui, sans même savoir comment. JE M'EN SORTIRAI.

C'est très curieux comme je me sens loin de tout. L'idée tenace est là. Elle seule compte. Et déjà, lentement, je me suis détaché, j'ai un pied dehors. Patience. Les deux pieds y seront bien un jour.

— Cher beau-père, qu'avez-vous fait de votre fils ? m'a dit Mary d'un ton très mondain.

— Il s'est fait tout seul.

Je lui ai souri gentiment. Elle a paru offensée. Mon fauteuil n'est plus jamais installé au bord de la piscine. Mary s'est étonnée, Kitty a tenté de me sortir les vers du nez. Je l'ai rendue un peu triste, et suis allé la surprendre dans la cuisine où elle épluchait des pommes de terre : « Allez, soyez de bonne humeur, ma petite », et je l'ai embrassée sur le front. Joe m'a surpris, a fait semblant de ne rien voir parce qu'il sait, Joe, il sait bien que le regard de son père n'est plus le même. Il sent des choses, Joe, et il veut les éviter. Peut-être qu'il a besoin de moi ? Mais non, mais non !

— Tu viens, papa ?

Je suis mon fils. Son dos est bien droit mais ses longues jambes marchent d'une façon saccadée. Il ne marchait pas ainsi quand il jouait au volley-ball. Il a perdu sa démarche élastique. Les nerfs, je suppose, les nerfs…

Il m'entraîne vers son petit bureau, celui tapissé de liège pour que l'on n'entende rien.

— Ici, tu peux tout me dire.

Mais justement, je n'ai rien à dire ! Joe est sur un parkway de Los Angeles et moi sur un tout petit sentier au fond d'une campagne. Où pourrait-on se rencontrer ?

— Tu as changé, papa, tu t'ennuies, n'est-ce pas ?

— Oui, beaucoup.

— Tu ne vas pas me laisser ?

Et il commence à me dire d'une façon assez volubile que tout va changer. Il va divorcer. Pour que ce soit plus expéditif, il ira à Las Vegas. Mary dira : « Je ne dors plus, Votre Honneur, parce qu'il ne veut pas que je dorme. » Joe dira : « C'est vrai, Votre Honneur. » Et hop, terminé !

— Je me suis bien trompé sur elle.

— Pourtant, tu n'aimes pas les échecs, Joe.

— Avoir épousé *ça* n'est pas un échec !

— Ah !

Il a déjà tout chassé, Joe, il n'est plus ancré que sur une nouvelle vision de notre vie à deux.

— Donc, on vivra ensemble, toi et moi, bien tranquillement, et le dimanche, on ira aux courses. Tu aimes bien les chevaux, papa ? J'ai un copain qui a de superbes pur-sang. Il nous tuyautera, on gagnera.

Bien sûr qu'on n'a pas le droit de perdre. Ah, pauvre Joe ! Il fera claquer ses doigts en disant : « Tiens, cinquante mille dollars qui arrivent sans rien foutre ! Qu'est-ce que tu vas en faire, papa ? Je te les prends, on va bien les placer. »

Dans cette étrange combinaison beige amarrée par des bretelles aux boucles d'acier, il a l'air d'un mécanicien qui jamais ne se salirait. Il paraît que c'est d'un chic fou, enfin, c'est Kitty qui le dit : « La super mode de l'été pour tous les jeunes », mon fils trop long, trop maigre, a l'air d'une sacrée asperge.

— Mais tu ne dis rien, papa.

— Je t'écoute, Joe, je t'écoute.

— Et…

— Tu as raison.

Je ne mens pas, mais pas du tout ! Quand un fils se montre aussi tendre, que vous le vouliez ou pas, il y a un pincement dans votre cœur, une émotion qui vous submerge, vous fait tout oublier. Et ma foi, je ne suis pas loin d'y croire aux balades, aux courses et aux pur-sang.

— Et puis, tu sais, papa, j'ai encore une autre idée. Dans la semaine, impossible de m'occuper de toi, je le voudrais que je ne pourrais pas, et je me suis dit que c'est toi alors qui pourrais occuper trois jours de la semaine à aller jouer dans un club d'échecs. Tu étais drôlement fort autrefois, quand tu battais le vieux Davidoff.

— Un club, ce n'est pas un mot pour moi. C'est chez les riches. On entre dans de belles salles, il y a des fauteuils, des hommes se parlent, très chics, très élégants. Le serveur est d'un respect infini, j'ai vu ça au cinéma… Un club ! Moi, dans un club !

Joe dit qu'il peut m'inscrire, que Harry m'accompagnera, qu'il viendra me rechercher, qu'il faut alors m'acheter des costumes, des cravates, des souliers. Être impeccable. Ces hommes-là sont parmi les plus riches de Los Angeles.

— Tu les battras, papa, comme tu veux !

Voilà son idée à Joe. J'aurai ma puissance aussi. Il sera fier de son père. Là-dessus, je peux lui faire plaisir. C'est vrai que je suis très fort aux échecs.

— Alors, papa, ça te va ?

Affronter toutes ces manières de gens riches… C'est que moi, j'en ai d'autres !

— Oui, Joe, tu es bien gentil.

Y a-t-il eu une lueur de tendresse dans l'œil de Joe ? Oui, je peux le jurer. C'est sûr, sûr, sûr…

Dans mon lit, je suis à la fois heureux et malheureux. Je ne suis pas du tout un zéro pour mon fils, oui, mais tous ces gens, s'ils flairent d'où je viens ?

IV

Tous ces messieurs sont enchantés d'avoir le père d'un milliardaire devant eux. Les fauteuils de velours grenat sont profonds, la conversation se fait tranquillement. Mais un jour, je deviens trop bavard :

— Vraiment, vous êtes d'origine russe ?

Non, je *suis* un Russe. J'ai fait la Première Guerre mondiale comme ordonnance d'un général et je sais qu'il a été chauffeur de taxi à Paris car il ne savait rien faire d'autre que de tenir un sabre à la main. Je l'ai vu pleurer, moi, dans sa tente, lorsqu'il a lu les tracts bolcheviques : « Soldats, n'obéissez plus… » C'est même lui qui m'a donné l'envie de partir de mon pays. Il me disait : « C'est fini, Voronine, nous sommes des prisonniers, nous crèverons dans le déshonneur. »

C'est très embarrassant d'expliquer ces choses-là à des Américains. Il faut les avoir vécues. Alors, j'ai simplifié en endossant la peau de mon général. Pour eux, je suis maintenant un vieil officier fidèle au tsar, fuyant le communisme et venu ici, dans un pays libre où chacun peut se réaliser en toute liberté.

Et je répète la même chose aux uns et aux autres. Ils sont contents. Je les bats aussi aux échecs. Ils sont admiratifs.

— Évidemment, dit Monsieur Reynolds avec un sourire gentil, il n'y a qu'un Russe pour être aussi doué.

Parfois, il m'accompagne sur le trottoir et nous attendons ensemble Harry. Un soir, il m'avoue qu'il descend de Rip Van Winkle par son arrière-grand-mère maternelle. Il rit, il en paraît heureux parce que c'était un drôle de type, ce Rip, toujours dépenaillé, qui n'aimait que l'aventure. On ne connaissait que lui dans la vallée de l'Hudson.

Les traits de Monsieur Reynolds se figent tout à coup, son regard bleu suit le bout de la rue en pente, il semble rêveur, lointain.

— Et moi, j'ai fait ma fortune dans les conserveries de poisson comme un Américain très sage.

Il sourit à nouveau, me tape gentiment sur le dos en ajoutant que la baie de l'Hudson est peut-être aujourd'hui aussi sage que lui. Fini, l'Aventure ! Donc, il ne faut pas regretter, d'ailleurs il ne faut jamais rien regretter.

Il se penche alors vers moi pour me demander :

— Mais comment est-ce exactement une isba ?

Quel charivari dans ma tête ! Et quelle question à ne pas me poser ! Moi, les isbas, je les ai connues et je n'ai plus le droit de les voir. Alors, pourquoi en parler ?

J'explique mal, comme je peux.

118

— Et vous croyez qu'elles existent encore ? questionne Monsieur Reynolds.

Novgorod, oui, peut-être a changé mais pas mon patelin perdu. Chaque paysan doit encore rafistoler son isba pour qu'elle dure, et il y a toujours les poules, les poulets et les cochons.

Cela, je ne le dis pas. S'il l'apprenait, Joe serait trop furieux.

Monsieur Reynolds me quitte sur une poignée de main comme dans l'ancien temps.

Harry, lui aussi, veut causer. De moins en moins il se veut un chauffeur de limousine, mais de plus en plus un détective. Le voilà qui tente de résoudre les énigmes qui courent sur les deux cent cinquante millions d'habitants de la terre américaine.

— Je pourrais en dire des choses aux flics, m'annonce-t-il ; il y a des fois où le criminel m'apparaît instantanément, je sais que c'est lui. Mais allez le dire à la police ! Elle me mettrait en cabane, oui !

Harry monte la route étroite en lacet bordée de buissons et d'eucalyptus. Quelques palmiers se sont rassemblés sur un vaste tertre. Derrière eux, un soleil rouge sang leur envoie des lueurs orangées. C'est beau, tranquille. Tout attend la fin du crépuscule.

— N'ouvrez surtout pas les vitres, me prévient Harry, on ne sait jamais qui peut être caché dans ce grand fouillis de nature.

Joe et Neal sont sur le perron de la porte d'entrée et ont l'air de discuter ferme. À grandes enjambées, Joe vient me sortir de la limousine.

— Alors, papa, tu as gagné ?

Est-ce que lui a gagné à Las Vegas ? C'est aujourd'hui qu'il devait divorcer.

— Oui, et toi, fils ?

— Parfait. OK. C'est ce que j'expliquais à Neal. Mary m'a bien craché à la figure devant le juge mais, moi, je l'ai laissée partir nue comme un ver.

Il ne faut rien exagérer. En quittant la maison, Mary avait autour d'elle cinq grandes malles et autant de valises. Elle paraissait presque une adolescente dans son jean et une simple blouse brodée. Une sorte d'étudiante qui était déjà ailleurs, dans une université. Elle séduira facilement, là-bas…

Lorsqu'elle m'a tendu la main le matin de son départ, elle m'a dit qu'elle ne m'oublierait pas parce que j'avais un accent qui l'amusait bien.

Puis une seconde de silence, comme si elle ne voulait pas dire ce qu'elle m'a jeté :

— Ici, on passe son temps à être un ennemi pour l'autre, vous vous en êtes rendu compte, non ?

Elle s'est éclipsée sans vouloir de réponse et m'a adressé un petit salut, le bras levé devant son épaule.

À table, Joe et Neal parlent d'affaires. Moi, je regarde cette chaise vide et je pense à Mary. Beaucoup de choses ont disparu de cette salle à manger, des cadeaux de mariage. Plus de flûtes ni de gardénias. Kitty a sa tâche simplifiée. Elle doit être contente. D'ailleurs, elle est tout à son aise en circulant autour de la table. Je vois bien son regard calme, son allure tranquille. Personne ne la bouscule plus, elle peut aller au rythme de ses deux vastes hanches.

Elle me regarde et ses yeux rient. Ils pétillent même de malice comme annonciateurs d'un beau secret.

Il est là maintenant, le secret, sous un des oreillers de mon lit. Un petit paquet dur, mon nom américain écrit bien clairement. L'expéditeur est une femme inconnue.

— Si je l'ai caché, c'est qu'il aurait peut-être indisposé Monsieur Joe, dit Kitty qui ne veut pas quitter la pièce.

— Merci, Kitty.

Elle voudrait savoir. Je la regarde, elle me regarde. Je jette alors le paquet sur mon lit en disant qu'on verra ça un peu plus tard. La porte claque trop fort lorsqu'elle la ferme derrière elle.

Il pleut. C'est tout un clapotis de gouttes qui tombent sur l'eau de la piscine. Le ciel est treillagé de longs éclairs luisant de pluie. Je suis des yeux une goutte qui glisse sur la vitre. Elle traîne derrière elle un corps de têtard. La goutte s'avance, happe en douceur celle qui la devance ou bien alors la mange avec fureur. Pour la première fois de ma vie, je vois des gouttes gentilles et des gouttes méchantes. Comme les hommes finalement.

Et le paquet ? Si j'attendais encore, que la surprise soit plus grande. Une femme inconnue a pensé à moi ! Non, ce n'est que John Ford qui m'envoie un livre sur les bêtes et un petit mot : « Iouri, si tu veux toujours partir, va dans le Kentucky. Il y a là-bas mon frère qui a une ferme, il pourra t'aider. Salut, vieux frère. »

Voilà. Je savais que ça arriverait un jour. JE M'EN SORTIRAI. Le Kentucky, il a dit le Kentucky, mais où est-ce ? Qu'importe, avec mes dix-sept mille dollars, j'y arriverai bien. Prendre un train ou choisir l'avion ? C'est à voir…

À trois heures du matin, je suis aussi excité qu'à dix heures du soir. John Ford est un copain, il a pensé à moi, s'est traîné vers une poste, a mis des timbres, m'aide à m'en aller en me donnant une adresse.

Je me lève, je vais, je viens. Les hortensias bleutés sont noirs comme du charbon, le ciel est noir, l'air est noir, d'ailleurs tout est noir dehors.

Je remonte dans mon lit, je fume encore une cigarette. Vraiment, ça sent la tabagie. Je m'en fous.

— Monsieur a l'air bien luné, dit Kitty en ouvrant les deux fenêtres.

— Oui, la pluie m'a bien rafraîchi.

— Ah !

Tout est en ordre. Le livre bien caché dans ma poche. La lettre de John Ford aussi. J'irai lire derrière le petit chalet, là où personne ne viendra m'embêter. Pas seulement lire, d'ailleurs, mais calculer et je n'ai pas fini de calculer. La somme des pensées qu'on a lorsqu'on vous assène un coup pareil ! Tout était fermé, tout devient ouvert, comme ça, simplement, parce qu'un homme met des timbres sur un paquet. Forcément, il y a l'émotion ! Et quelle émotion ! Ce

122

sont des « oui, non, peut-être, si je faisais ça… Non, il vaut mieux que… Enfin… Et mon fils ?… Oui, mais il y a aussi mon existence… Bon, essayons de voir clair… »

— Vous dormez, Monsieur ?

— Ah, Kitty, comme je vous aime !

— Et pourquoi donc ?

— Parce que vous n'êtes jamais lasse de répéter toujours la même chose !

C'est vraiment une belle femme. Ce corps bien planté, ces hanches généreuses et une aussi fine taille. Une de ses longues mains brunes s'appuie sur une des planches du chalet. Aujourd'hui, il y a une telle luminosité autour de nous que ses yeux paraissent deux émeraudes un peu mouillées.

— Avouez que vous m'avez cru mort !

Elle me répond du tac au tac qu'elle n'a jamais connu quelqu'un d'aussi difficile à vivre que moi.

— Et j'en ai connu, des gens ! ajoute-t-elle en repartant vers la maison.

Elle ne reviendra que pour annoncer le déjeuner. Je prends donc le livre dans ma poche. Si je comprends bien, John Ford m'envoie des histoires d'amour : « L'araignée mâle colle son épouse justement comme un timbre sur une enveloppe, au moyen d'une espèce de colle qu'elle sécrète, puis file sans demander son reste en priant Dieu que la colle tienne bien ; l'antilope mâle qui a des harems de plus de cent épouses a dû tuer, pour les former, autant de rivaux ; l'aigle n'a qu'une épouse, l'ours aussi, mais la colombe impose une rivale au foyer conjugal ; le crapaud est un romanesque et sa nuit de noces peut durer jusqu'à un mois et demi… »

Le livre est vieux, très fatigué, certainement trouvé dans une poubelle. Est-ce qu'il l'a lu, John Ford ? S'il s'est amusé autant que moi en ce moment…

— Le déjeuner est servi, crie Kitty au bord des hortensias bleus.

Je l'honore en mangeant trois fois de son gratin de pommes de terre. Elle plaisante alors sur son Bronx natal où sa mère n'aimait que les capucines, son père les beuveries et le jazz, et son frère précisément le gratin de pommes de terre !

— Il faut aller revoir tout ça pendant vos vacances.

— Je ne sais pas, avoue-t-elle.

Elle hésite un peu avant de lancer que John méprise sa famille qui le lui rend bien d'ailleurs ! Alors, vraiment, ce n'est pas très facile… Il vaut mieux sans doute ne pas bouger.

— Peut-être, peut-être, doute Kitty.

Une fois de plus, Harry a découvert l'insolite de la vie. Une famille entière, un couple et ses trois enfants ne peuvent s'empêcher de sauter comme des grenouilles cinquante fois par jour. Ils ne savent pas quand ni pourquoi et leur docteur parle d'une maladie inconnue.

— Vous vous rendez compte, Monsieur, lorsqu'ils ont un hamburger dans leur assiette !

— Le hamburger danse aussi.

— Voilà, justement !

Harry est enchanté. Il a oublié de brancher la musique classique et se met à siffloter entre ses dents. Moi, je me demande si je suis normal. Enfin, tous ces gens autour de moi ont l'air de vivre assez bien. Chacun son histoire, sa petite vie. Le temps passe, et puis on recommence. Mais moi, moi, vers quoi est-ce que je cours ?

En poussant ma reine, j'y pense encore et je ne gagne que de justesse contre Monsieur Reynolds qui m'offre un verre. Monsieur Reynolds a une cravate rouge, couleur du drapeau soviétique. Je n'aime pas le rouge, c'est une couleur maudite. De plus, Monsieur Reynolds s'échauffe avec Monsieur O'Connor, un Irlandais massif aux joues un peu violacées qui a la manie de toucher sans cesse un minuscule trèfle à quatre feuilles fixé à sa boutonnière. Reynolds s'enflamme pour le match qui a opposé Kasparov, le génie russe des échecs, à l'ordinateur américain « Deep thought ». O'Connor grogne que tout est « chichi et compagnie » et qu'il n'apprécie guère une telle compétition.

Je les écoute argumenter. Ils en oublient de me demander mon avis. Heureusement ! C'est bien assez pour moi qu'un ordinateur s'appelle « Pensée profonde ». On n'a pas peur des mots aujourd'hui ! C'est une malfaisance.

Dans la voiture, Harry respecte mon silence. Il est temps de quitter ce club. Plus jamais je ne verrai un de ces hommes. C'est John Ford qui sait être un copain. Il faut que je le voie. Je vais le voir, lui donner de l'argent, qu'il puisse donc nourrir un chien puisqu'il en veut un.

Harry m'a obéi sans rechigner.

— C'est parce que j'ai toute confiance en vous, Monsieur Carson Lincoln.

Ça, je le sais.

On a finalement trouvé John au lit, avec un mauvais rhume. Il a ri en me voyant.

— Alors, tu l'as bien reçu, mon cadeau ?

— Oui.

— Je suis malin, non ? Et il est bien marrant, mon livre, non ?

— Oui.

Son regard va droit sur la porte qui s'ouvre. Une vieille femme vient avec un bol à la main.

— Cathy, c'est le fameux Iouri, il est content du livre. Tu sais, dit-il en me regardant, c'est un ange, Cathy, c'est elle qui me l'a donné.

— Merci, Madame, dis-je.

— Bonjour, Monsieur, répond-elle.

John Ford boit sa tisane ; elle reste près du lit, les mains croisées sur son ventre, les dénouant parfois pour frotter un peu ses yeux fatigués puis les croiser à nouveau.

— Bien, je reviendrai tout à l'heure, dit-elle en reprenant le bol.

Moi, j'ai déjà la main à ma poche pour en sortir une enveloppe.

— Qu'est-ce que c'est que ça ?

— Un peu d'argent. Tu achètes un chien, et puis voilà…

— Mais jamais de la vie !

C'est le cri du cœur. John Ford s'est redressé sur son lit, tousse un peu et m'explique qu'un chien, on peut l'avoir gratuit à la SPA. Quant à le nourrir, il y a un restaurant dans la Soixantième Rue qui lui donnera tous les déchets, de quoi nourrir un régiment !

— C'est moi qui voudrais me faire plaisir, lui dis-je.

— Oui, mais pas comme ça… Allez, remise ton fric, qu'on n'en parle plus. Alors, quand le départ pour le Kentucky ?

— Bientôt, je m'organise.

— Puisque tu veux tant travailler, mon frère pourra t'en donner du travail !

— Et si tu venais avec moi ?

John Ford secoue la tête en disant que c'est trop tard, beaucoup trop tard. Il est bien, ici, à Los Angeles, il y est arrivé à vingt ans pour faire du cinéma comme tout le monde, il n'a même pas pu être un simple figurant, mais tant pis… Son petit logement, sa retraite, la bonté de Cathy, quoi demander de plus ?

Il cligne de l'œil :

— Oui, un chien comme tu dis, un labrador tout noir comme le diable.

Il rit et tousse en même temps.

— Il faut que je parte, John.

— Bien sûr, bien sûr... Envoie une carte postale quand tu seras là-bas.

— Promis.

Quand on sait qu'on ne reverra jamais plus un bon copain, on lui serre très fort la main. C'est ce que j'ai fait.

Lorsque je suis sorti, Cathy a seulement incliné la tête en guise de salut. Elle est extrêmement silencieuse, cette femme. C'est John qui doit remplir sa vie de ses rires et de ses malices.

— Merci encore pour le livre.

À nouveau, elle a hoché la tête. Et moi, en ce moment, je continue de lire ce livre dans mon lit : « Ce mois de mars est le temps des nids, c'est le printemps qui commence et, la nuit, la hulotte immobile répand sur les bois endormis la musique d'un chant solennel. Bientôt, sa femelle lui répond. Un duo s'engage, coupé de silences, d'une sonorité magnifique. Ils ont senti venir le temps des nids. »

Le temps des nids… Je ferme les yeux. Apparaît alors, venu de très loin, le souvenir du tzigane et de son ours. Je suis si petit, enveloppé dans le châle de ma grand-mère. Le tzigane est arrivé dans l'unique rue du village et l'ours danse autour du vagabond, un long maigre, joues creuses, pantalon qui tirebouchonne sur des bottes de feutre avachies ; ses yeux grands et noirs ont l'air de vouloir prendre votre âme. Il danse maintenant, ils dansent tous les deux, la patte de l'ours sur le bras du vagabond. Ils dansent pour eux dans la neige qui tombe. C'est si beau que je pleure et ma grand-mère ronchonne que j'ai trop froid et elle me frictionne.

Mais c'est chez moi qu'il faut que je retourne, c'est chez moi que je dois m'en aller ! Le temps des nids. Bien sûr que c'est le temps des nids ! Il fallait donc parcourir un si long chemin pour découvrir cette chose toute simple ? Cinq ans !

Genia avait une tendresse pour Zita, la sainte hongroise : « Tu vois, Iouri, elle avait à l'intérieur quelque chose qui montait mystérieusement, une musique de l'âme. » Puis Genia s'arrêtait, découragée : « Si je savais seulement bien t'expliquer... »

Moi, je ne suis pas un saint mais, ce soir, je sais parfaitement ce qu'est l'exultation. On touche le cap. C'est une envolée qui fait frémir le corps. Tout crie de joie au-dedans de soi. Mon Dieu, quelle bénédiction !

Qui peut m'aider à rentrer ? Un de nos prêtres, naturellement, qui me dira comment faire...

Il m'écoute, j'ai sur moi un regard bienveillant et je parle, je parle de tout mon cœur, en russe, sans qu'il m'interrompe une seule fois.

— Alors, mon père ?

— Je crois justement qu'il ne faut pas rentrer. Vous serez un immigré venu de l'Ouest ; dans leur esprit, vous serez pris pour un privilégié. Si vous disiez encore que vous voulez entrer à Moscou ou

Leningrad, enfin une grande ville, mais dans une bourgade ! Tout le monde s'y connaît. S'il n'y a pas hargne, il y aura aigreur et, s'il n'y a pas aigreur, il y aura jalousie, indifférence et même peur. Ce n'est pas cela que vous cherchez ?

— Mais pourquoi, pourquoi ?

— Que feriez-vous vous-même si pendant soixante-dix ans vous aviez subi le despotisme ?

Alors, mon général avait raison ! C'est le déshonneur ! Ma patrie ne veut plus me recevoir !

— Si je vous disais que certains regrettent Staline, continue le prêtre, pas forcément lui d'ailleurs, mais l'ardeur de l'époque. Il y avait les victoires, on les fêtait dans l'ivresse des grands défilés. Le nationalisme russe pouvait s'y donner à cœur joie, la puissance militaire y était grande. Oh, je comprends dans un sens. Savez-vous que le *Znamia Iounosti* a écrit récemment : « Lorsque Staline a reçu le pays à gouverner, celui-ci ne connaissait que la charrue ; il l'a laissé avec la bombe atomique. » Nous n'avons pas fini de voir des choses étranges dans les dix années à venir.

Le prêtre soupire :

— Notre peuple a si faim, plus que jamais. Que peut-on attendre de lui si ce n'est l'obsession du pain en abondance. Comment l'inciter à bouger, créer, donc à ne plus se protéger ? Notre peuple est épuisé.

Sa main est venue doucement sur mon bras.

— Mais il n'est pas mort et il ne mourra pas ! a-t-il dit d'une voix un peu plus vibrante. Jamais, il n'y a eu autant de conversions, de postulants dans les séminaires et les couvents. Dieu ne nous abandonne pas.

Je sors de l'église assommé. Ce n'est pas du tout cela que je voulais entendre. J'ai parlé clair, net, sincère. Bien sûr, ce prêtre sait beaucoup plus de choses que moi, c'est sûrement vrai tout ce qu'il me dit. Mais j'aurais voulu entendre autre chose, par exemple : « Bravo, vous allez au-devant de bien des difficultés. Elles sont loin les années 20 que vous y avez laissées. Mais c'est bien de rentrer, de souffrir comme les autres. » Non, ce prêtre n'a rien compris.

Alors, j'ai affronté Joe avec un grand courage. Que m'importe aujourd'hui d'être malmené, même battu par mon fils puisque je suis au désespoir.

C'est un déluge que fait tomber Joe sur ma tête :

— Mais c'est mon pays ici, figure-toi. Je me fous des Russes, de ton isba et de ta crasse. Tu te vois avec une barbe hirsute, ta soupe s'y accroche et tu la racles avec tes ongles sales ! C'est ça que tu veux ? Me faire honte, continuer à me faire honte… Un jardinier de merde, une blanchisseuse de merde se traînant dans leur chambre-cuisine en me demandant, s'il vous plaît, de l'amour, « Aime-moi, Joe », m'obliger à fuir devant vos regards mendiants ! l'horreur ! Vous m'avez fait vivre dans l'horreur !

Il bondit sur moi avec un regard de tueur. Il va me détruire. Mais non, il se contente de siffler que c'est bien son pays à lui qui m'a accueilli, nourri. Et lui, Joe, qu'est-ce qu'il fait en ce moment si ce n'est la même chose, me faire vivre bien mieux que l'Amérique puisque je vis dans le luxe complet. Oui ou non ?

— Maman, elle, aurait compris ! Elle m'aurait ad-mi-ré, elle ! Pourquoi n'es-tu pas mort à sa place ?

Ce désir le réveille. Joe n'a plus son regard de tueur. C'est la lassitude, mais une lassitude dange-reuse car Joe siffle encore que je l'accule à tous les ragots, les articles de journaux.

— Tu le sais que les Américains n'aiment pas être rejetés !

« Ils aiment être aimés et qu'on ait pour eux un peu de reconnaissance. Mais non, on prend son baluchon, on a vu son fils menacé d'un couteau, recevoir une corde et voilà qu'on veut le marquer au fer rouge ! Et qui, son propre père ! Naturellement, mes ennemis délirant de joie, courant pour m'abattre : « Ce salaud de Carson Lincoln, ce milliardaire voleur du fric américain, un émigré russe. » Enfin, qui le sait ? Et pourquoi crois-tu que nous avons changé de nom ? Pour la paix, pour qu'on ne vienne pas trifouiller dans mon passé, ce passé que je brûlerais s'il était possible de le faire ! Et toi, tu ramènes tout au grand jour. Toi tranquille comme Baptiste, moi détruit !

Là, il y va tout de même un peu fort ! Je n'ai aucune de ces idées qu'il veut bien m'offrir.

— Ah, si je t'avais seulement laissé à Chicago pour ne plus te revoir !

Oui, c'est vrai. Je n'aurais pas bougé. Il n'aurait pas écrit. Je n'aurais pas écrit. J'aurais continué mon petit travail ; le dimanche, aller sur la tombe de Genia et l'après-midi jouer aux échecs sur les damiers installés au bord du lac. J'aurais continué…

En fait, si Joe était un brave type à trois cents dollars par semaine, je pourrais partir. Personne ne ferait attention à nous. Lui et moi, nous serions libres.

— Alors, dis-je avec élan, autant entrer au couvent !

— Quoi ?

— Oui, puisqu'on y est des inconnus.

Genia et moi, nous avons toujours célébré la Noël et la Pâque russes avec les Pavlov et les Dimitrievitch. On avait les gâteaux traditionnels, on dansait, on chantait la naissance et la résurrection de Jésus.

C'est le silence dans la pièce. Moi, je ne peux pas continuer, puisque je ne sais plus ce qu'il faudrait dire. Joe, à nouveau assis sur son bureau, ses mains posées sur le rebord du bois, regarde les dessins du tapis.

Je voudrais partir, quitter ce silence, mais il ne bronche pas.

— Je suis fatigué, Joe.

— Oui, va-t'en.

Si je me laisse aller à trop penser, je ne vais pas dormir. La question est trop brûlante. Suis-je capable d'être un moine ? Est-ce que Dieu va m'aider assez pour le devenir ?

Non, non, il faut oublier et je saisis le livre de John Ford : « L'abeille s'envole aussi haut qu'elle peut. C'est le vol nuptial. Les mâles la suivent. Ils tombent de fatigue un à un. Elle se donne au vainqueur. Il tombe à son tour, épuisé. Mais la timide fiancée du ver luisant frémit de peur et tremble de joie comme une pensionnaire à la veille du mariage. Les petits oiseaux bombent le torse. Leurs couleurs deviennent plus intenses ; ils adoptent une voix de printemps, il pousse aux mâles des crêtes, des appendices, des huppes. Une zébresse distinguée refuse un honnête baudet ; comme chez les hommes, elle l'accepte peint en zèbre et il y a même le cas d'une belette tombée amoureuse d'une belette empaillée. »

C'est quand même épatant, ce livre ! Et John Ford un drôle de mec.

Joe ne veut pas me voir. Kitty dit sobrement que, maintenant, il a « des conférences de nuit ». Ainsi, depuis trois jours, mon fils a disparu. Mary a créé un vide en partant. Joe en crée un autre. Plus de télévisions en marche dans les pièces. Et pourquoi donc Joe a-t-il enlevé la corde de la salle de gymnastique ? C'est tout de même une question qui ne me donne aucune réponse.

J'erre comme une âme en peine. Ce matin, la merlette s'est aventurée pour saisir les miettes de pain presque sous mes pieds. Elle avançait à petits sautillements comptés ; un regard à droite, un regard à gauche, puis l'avancée. J'ai envié son vol subit qui l'amenait de trois coups d'aile vers les bois voisins. Comme je serais parti avec elle !

Neal paraît toujours être le lieutenant du commandant. Il est arrivé à l'improviste, ce soir, pour dîner à l'immense table où je suis seul depuis tous ces départs.

— Alors, grand-père, on a des idées ?

Ses yeux rient, son regard est gentil et il a comme toujours sa veste de tweed claire ouverte assez négligemment sur une chemise impeccable. À son doigt, cette chevalière avec pierre d'améthyste.

« Pour ne pas boire, a-t-il dit un jour, mais oui, ne me regardez pas comme ça, grand-père, je suis un alcoolique qui ne veut pas l'être. Et l'améthyste déteste les alcools, voilà… Tout simple ! »

— Kitty, appelle-t-il, apportez-nous le meilleur vin de la maison.

À moi, avec un clin d'œil complice :

— On fête, on fête…

Une fois de plus, c'est ce rire chaleureux, la tête renversée, l'éclat des dents bien plantées. Mon Dieu, comme ce corps parle, vous communique une gaieté organique que rien ne peut détruire !

Je suis tout content, je bois un troisième verre de vin. Et je m'enhardis :

— Vous êtes là pour quelque chose, Neal ?

— Bien sûr.

Il répète lentement, syllabe après syllabe, que « oui, c'est vrai », il est là « pour quelque chose ».

— Mais vous le savez bien, grand-père !

Sa volte-face est aussi rapide que le vol de la merlette ce matin. Neal se ramasse sur lui-même et ses yeux me regardent, inquisiteurs :

— Alors ?

— Vous connaissez tout le problème ?

— Oui.

— Et Joe m'en veut.

138

— Oui et non.

Il me met sur des charbons ardents. Il veut que je parle le premier. Quel intérêt puisqu'il sait ! Bon. Bien. Je m'exécute, explique tout. Tout mon vœu, finalement, c'est d'être dans un couvent pour continuer à jardiner, mais plutôt dans un jardin potager que dans un jardin d'agrément. Et ne pas quitter l'Amérique puisque ce serait embêter la vie de mon fils.

— Je l'aime, mon fils, mais il croit le contraire. Son appétit n'est pas le mien, je ne sais pas si je me fais bien comprendre.

— Que si !

Neal m'annonce alors qu'il a pris des renseignements. Un petit monastère dans l'État de New York reçoit des hôtes. À eux, n'est-ce pas, de décider ce qu'ils veulent réellement après ce séjour.

Je pourrais le dire tout de suite. J'y resterai parce que je ne sais plus où aller.

— Joe m'accompagnera ?

— Non, ce sera moi… Il n'y a pas de monastère en Californie.

— C'est très bien, c'est très bien… New York.

Neal se relaxe. Un de ses bras pend au-dessus du dossier de la chaise qu'il a écartée de la table pour croiser ses jambes. En écrasant sa cigarette, il me dit qu'il voudrait bien savoir pourquoi je veux m'enfermer ainsi. Ce n'est pas une chose qui lui viendrait à l'esprit. Lui a besoin de la vie, de l'espace…

— Là-bas aussi, il y en aura… Là-bas, il y a l'espace de Dieu.

Neal paraît soudain rêveur. Son regard posé sur le mur d'en face semble perdu dans le chant des grillons nostalgiques et doux, cachés sans doute dans les buissons les plus proches.

— Ma mère parlait comme vous. Irlandaise pure, croyante, superstitieuse, qui me flanquait des rossées parce que je lui glissais entre les mains à l'heure de la messe.

— Elle est en Irlande ?

— Non, elle est morte à Brooklyn, New York, Américaine de trois générations.

Neal ne veut plus de confidences. Il chasse toute émotion en se levant et blague à nouveau :

— Elle et vous, vous auriez fait une joyeuse paire !

À Kitty qui entre pour desservir :

— Vous qui savez tout sur les moindres faits de la maison, vous devez savoir que votre patron veut devenir un moine, non ?

Kitty se met à pleurer silencieusement. On la regarde tous les deux, Neal avec un certain intérêt, moi désolé.

Kitty écarte les larmes de ses deux poings fermés comme le font les enfants.

— Bien sûr que je le sais, mais je n'y croyais pas ! Ça surprend beaucoup tout de même !

Je proteste que je ne suis pas un moine et que je ne le serai peut-être jamais.

— Si, vous le serez, affirme Kitty avec force, parce que vous êtes un original… Qu'est-ce que j'en comprends, des choses, aujourd'hui !

On ne lui demande pas pourquoi mais Kitty, dans les jours qui suivent, me traite avec une grande considération. Plus de provocation, de rires, de complicité. Elle m'ennuie un peu.

Neal s'en est allé en promettant que tout serait réglé en temps et heure. Que je fasse donc un tri de ce que je possède.

— Je peux emporter le samovar en or ?

— Bien sûr.

— Et l'icône ?

— Elle est à vous, non ?

— Je vais revoir Joe avant mon départ ?

— Il fait la gueule, mais je le connais, il ira vous voir.

Pourtant, Joe devrait être content. Son jardinier de merde de père lui a cédé pour le protéger. Que pourront dire maintenant ses ennemis dans l'anonymat dans lequel je vais vivre ? Non, c'est Joe qui dira à qui veut l'entendre : « À la mort de ma mère, mon père est entré dans un couvent. Il est maintenant un moine. » Et les autres seront impressionnés. Leur méchanceté ne sera plus la même. Je le sais. Quand on touche à Dieu, le plus grand des requins se sent atteint quelque part, malgré tout. « Iouri, tu es un grand naïf, me dit une petite voix intérieure. Tu sais ce qu'ils diront : "Il aurait pu en prendre de la graine, ce gangster, ce n'est pas lui qui a appris la bonne leçon." »

Non, non, je ne veux plus rien entendre… Même Al Capone craignait Dieu ! Alors ? J'ai protégé mon fils, je le sens, et c'est bien.

Kitty veut m'aider. Elle emballe soigneusement le samovar en or tandis que je lui dis de prendre soin de la merlette. J'insiste, car Kitty se fiche complètement de la petite bête, en lui disant que « c'est pour *moi*, en souvenir de *moi* », qu'elle doit le faire.

— Je le jure, Monsieur, je vous le jure, dit Kitty, qui porte maintenant sa petite croix d'or bien en évidence sur sa blouse.

Ce samovar, je vais le donner aux moines, l'icône aussi pour les vendre. Et le livre, il faut le rendre à John Ford. J'y glisserai un billet. Conséquent. Au moins cinq cents dollars.

— La fête, la fête, a dit Neal l'autre jour.

Lui aussi, John, aura une fête avec sa copine Cathy. Qui a usé de cette façon cette femme sans âge, au regard si résigné, qui ne veut même pas entendre le son de ma voix ?

— Vous croyez que vous m'enverrez un mot ? demande Kitty.

— Sûr.

— Il y a peut-être des cartes postales au monastère ?

— Avide !

Kitty rit. Comme j'aime entendre ce rire profond venu du fond de son ventre. Mais elle s'assombrit aussitôt et déclare nettement qu'elle n'aime pas mon départ. Je lui enlève une façon de vivre qu'elle aimait bien.

— Mais c'est une scène de ménage !

— Oui, c'est une scène de ménage. Et pourquoi pas ?

Les traits de Kitty s'affaissent un peu. Elle a déjà dix ans de plus avec cette lèvre qu'elle mord pour contenir l'émotion.

— J'aurai un petit congé, un jour ou l'autre, et je viendrai vous voir, dis-je pour lui faire plaisir.

— Alors, je vous ferai un gratin de pommes de terre comme jamais vous n'en avez mangé.

Sur cette promesse de Kitty, j'ai quitté la maison quelques jours plus tard. Le parc, le jardin japonais, les rocailles, les buissons, les arbustes se sont enfuis derrière moi et la grille a disparu au premier tournant.

Neal semble nerveux, il fume cigarette après cigarette. Dans le rétroviseur, je vois les petits yeux noirs de Harry qui me lancent des regards interrogateurs. Harry ne comprend pas. Il me l'a dit hier pendant qu'une petite secousse ébranlait le sol : « Tiens, la terre tremble… Moi, je vous dis, Monsieur, que partir à soixante-huit ans chez les moines n'est pas possible. Enfin quoi, on a ses habitudes, eux aussi d'ailleurs et vous croyez que vous allez venir à bout de tout ça… Moi, je vous dis, Monsieur, que c'est une aventure sans lendemain. Oh, ça ne me regarde pas mais tout de même ! »

À l'aéroport, il me serre la main à m'arracher le bras. Lui aussi demande quelques nouvelles. J'en promets.

Dans l'avion que je connais pour la deuxième fois, aucune passagère, comme dans le premier voyage, ne me dit que Erle est un petit lutin. Non, rien. Neal dort à côté de moi et l'hôtesse se contente de sourire, en me tendant des magazines. C'est vrai que tout est réglé comme du papier à musique, que tout a toujours été réglé dans la maison de Joe… à partir de son bureau. Mary, les domestiques et moi-même, nous avons été des petits nourrissons installés dans un berceau. En cinq ans, je n'ai même pas su ce qu'était une responsabilité. Étonnant. J'y pense en regardant la mer de nuages immobile sous l'avion. Peu importe, je suis content de partir. Cet inconnu ne me fait pas peur et je ne sais même pas pourquoi. Mais voilà, je suis content et je me le répète en regardant tous ces nuages qui s'éclairent d'une douce clarté. Le matin va venir et le soleil aussi.

Il est éclatant à New York et pourtant le Queens, cette banlieue aux petites maisons, ne s'en porte pas mieux. Mon Dieu, quelle tristesse, toutes ces routes qui s'enchevêtrent avec leurs chaussées grises et défoncées. Parfois, on saute même jusqu'au plafond du taxi. Et les petites maisons ont l'air de maisons de poupée qu'un fort coup de vent flanquerait à terre. Ici, on vit au présent et demain sera un autre jour où l'on ira ailleurs, dans le Nevada ou l'Ohio ou l'Arkansas.

— Supposons, dit Neal lorsque nous prenons le Queensboro Bridge, que quelque chose vous arrive, je ne sais pas, moi, une autre idée de fuite par exemple… Je vais vous donner une clé. Joe a un appartement ici, vous pouvez toujours vous y réfugier.

— Mais non ! Pas du tout ! Je suis arrivé au port.

Manhattan se montre de l'autre côté du pont. Les vitres de ses buildings brillent au soleil. Mais les rues et les avenues, trop encaissées, sont encore dans l'ombre.

— Voilà, on va faire un bon déjeuner, surtout si c'est le dernier pour vous ! provoque Neal.

S'il veut, bien sûr, s'il veut… Je ne mange pas et je voudrais être déjà là-bas. Justement, comment est-ce là-bas ? Simple, j'espère. J'ai le cœur qui saute tout de même un peu. C'est comme si, pour l'instant, j'avais le derrière entre deux chaises. Et si tout cela n'était que l'histoire d'un jour, une sorte de rêve.

Neal mange de bon cœur en me racontant des plaisanteries.

Face au monastère, grande bâtisse rectangulaire dont les fenêtres symétriques grimpent jusqu'aux mansardes, se trouve l'église au toit vert, aux dômes blancs surmontés de la croix dorée. Les dômes de Novgorod ! Mais ils sont ici ! C'est la Russie, c'est mon pays !

Dans le parc, des allées bien entretenues, de lourds sapins, des feuillus au vert tendre, de vastes étendues de gazon. Au loin, des collines paisibles et boisées. Tout respire l'ordre.

A-t-on le droit de faire ce que se permet Neal ? Il conduit lentement dans les allées en évitant le parking. Nous faisons le tour du monastère pour revenir sur l'église, puis nous repartons. Nous sommes seuls. Pas une âme en vue. Pas un chien. Pas un chat.

— Arrêtez-vous, Neal, s'il vous plaît.

Il stoppe lentement devant le porche du monastère. C'est lui qui vient ouvrir ma portière en me disant que, du travail de jardinier, il y en a ici à revendre ! C'est vrai. J'ai même vu une haie vive qui devrait être un peu taillée.

Neal devient très sérieux quand nous sommes devant les marches à gravir. La grande porte s'ouvre sans bruit et le portier nous interroge du regard. Neal explique, comme si je n'étais pas assez grand pour parler moi-même ! Le portier est un homme de haute taille et ses lunettes très épaisses protègent un regard de myope. Son col doit le gêner parce qu'il porte très souvent sa main entre la peau et l'étoffe.

— Bien, suivez-moi au parloir.

En marchant, il nous dit qu'il va avertir l'higoumène.

Neal me donne un léger coup de coude, chuchote :

— Qu'est-ce que c'est ?

— C'est le chef des moines.

En Russie, on dirait « le starets » en signe de grand respect, enfin, moi, oui, je l'appellerai ainsi.

Dans le parloir, des murs blancs, une grande croix brune, de « pauvres » icônes sans pierreries, une longue table nue et quelques chaises. Neal se promène de long en large et moi, je suis assis, la valise à mes pieds. Neal revient, revient assez vite vers moi, s'assied et me dit encore une fois de prendre la clé de l'appartement de Joe. Je n'en veux pas. Il insiste. Je n'en veux pas.

— Je ne peux pas la ramener, dit-il enfin.

— Pourquoi ?

— Joe tient à ce que vous l'ayez.

Voilà, on me prend pour une marionnette. Pour tous, je suis en train de faire un caprice. Avec moi, rien n'est bien sûr. Allez, la poudre d'escampette éternelle pour le vieux Iouri ! Mais jamais dehors ! On ne le laissera jamais dehors ! Il aura un appartement à New York, une domestique aussi, en attendant qu'on le ramène au bercail. Ennui, ennui, ennui…

Mais s'il faut rassurer, rassurons. Je prends la clé. Neal sourit. Il a tort. Je suis ici et j'y resterai.

La grande croix brune me dit de me tenir bien tranquille. C'est ce que je fais.

Enfin, le starets est arrivé. Très long, maigre, les traits émaciés, une lourde barbe blanche et un regard bleu clair qui vous jauge. Fini de me chaperonner. C'est moi qui parle, dis mon vrai nom. Enfin je parle russe ! Neal ne comprend rien. Tant mieux. Joe ne pourra pas se mettre en colère.

— Je veux être un bon chrétien.

Le starets hoche doucement la tête, sans un mot.

— Et aider aussi, avoir un petit travail.

— Nous verrons cela un peu plus tard, dit-il alors.

En quittant Neal, j'ai eu l'étrange pensée que, pour lui, ou Joe ou tous les puissants de la terre, l'argent n'avait jamais eu sa place exacte. Il n'était pas bien placé. Comment dire ? Il n'était pas où il devrait être… Puis j'ai oublié aussitôt en suivant le supérieur. Faut-il tout de suite lui proposer le samovar en or comme cadeau de bienvenue ? Il marche devant moi, lentement, salue un moine rencontré en baissant un peu la tête. Le moine en fait autant. C'est grave, silencieux, bien au-delà d'une offre de samovar. Alors, je me tais, tout en happant du regard une lourde glycine aux grappes écloses.

— Voilà le frère Seraphim, dit le starets, il va vous accompagner jusqu'à votre chambre.

C'est un enfant, ce frère Seraphim. Voyons, quel âge peut-il avoir ? Sa robe noire cache un corps menu, vif, jeune. Dans la chambre, je reçois son regard lumineux, très loin de la vie des hommes. Oh, il sait très bien écouter, il entend tout ce que je dis, mais il est ailleurs.

— Le supérieur me charge de vous dire que vous avez été accepté pour trois mois. Il ne tient qu'à vous de rester plus longtemps. Mais…

Il ouvre ses bras comme s'il voulait m'accueillir. *Mais*, il a dit *mais*, c'est alors à moi qu'il appartient de montrer que je suis digne de rester. Bien sûr. Je comprends.

Frère Seraphim continue ses explications. En un quart d'heure, j'apprends l'horaire des offices, du réfectoire, les levers et les couchers. Lorsque les frères se rencontrent, ils doivent se saluer mutuellement par une légère inclination de la tête. Et enfin, la journée se passe dans huit heures de prières, huit heures de travail et huit heures de repos.

Il m'impressionne beaucoup, ce jeune homme. On dirait que, lorsqu'il me parle, ses explications gentilles sont proférées par une autre bouche que la sienne. Lui a la prière au bord de ses lèvres.

— Ah, ma joie, dit-il en me quittant.

Que veut-il dire ?

Il va refermer la porte. Non, non, il faut que je sache quelque chose d'essentiel avant qu'il s'éloigne.

— Frère, et pour le travail ?

— Le travail ?

— Oui, j'étais jardinier.

— C'est au starets d'en décider.

Des cloches sonnent lentement. Un bruit de gouttes de pluie qui chanteraient en tombant. Par la fenêtre, je vois encore un soleil très brillant qui entre dans la cellule et vient caresser un bout de table. Un lit, un placard, une chaise et cette petite table éclairée, c'est tout ce que je vois autour de moi. Entre deux épais pull-overs – New York est froid, a dit Joe – je mets la photo de mon fils. Vieille photo. Joe n'a que dix ans, et déjà, dans ses yeux, il y a la lueur du regard d'un ancêtre tatar prêt à partir à la guerre avec son cheval et son sabre.

Il est bon de soupirer quand on a un peu de chagrin. Je ne déballe pas le samovar ni l'icône de pierreries puisqu'ils sont en partance. Un jour ou l'autre…

Comme j'ai envie d'aller voir tout, tout ce qu'il y a dans ce monastère ! Mais personne ne m'y a invité. Je m'assieds donc sur le lit et regarde par la fenêtre, en sifflotant entre mes dents une vieille chanson russe que j'avais complètement oubliée :

Trois villages, deux hameaux
Huit filles et moi seul
Où les filles vont
Je les suis
Au bois, elles vont
Je les suis aussi

Y a-t-il un potager dans ce monastère ? Je me vois au petit matin saisir une bêche. Il fait très frais, mes mains touchent la terre. Elle me donne, cette terre, tout ce que je veux, sans engrais parce que je l'aime. J'y vais, comme ça, tous les jours…

Je continuerais encore à rêver longtemps si le frère Seraphim ne venait me chercher. C'est l'heure d'aller au réfectoire, celui des hôtes. J'y suis seul dans cette grande pièce austère mais de bon goût, faite pour bien accueillir tous les hommes de passage.

— Je suis autorisé à vous tenir compagnie ce soir.

Frère Seraphim doit être aussi autorisé à en dire le moins possible puisqu'il reste absolument silencieux. Lorsque je lui raconte que je suis né au centre de la Russie, dans le gouvernement de Nijni Novgorod, dans une isba au bord de la rivière Satis, il y a un éclair brillant dans ses yeux. Il en semble très heureux, mais ses lèvres restent closes.

— Je dois vous conduire chez l'higoumène, dit-il seulement en me changeant l'assiette.

Il a pris grand soin de moi, s'est empressé autour de la table, mais il est si loin, ce jeune homme…

— Frère, quel âge avez-vous ?

— Trente ans.

— Vous en paraissez quinze.

Il ne répond que par un beau sourire.

Dans ma langue maternelle, je n'ai jamais bafouillé. Je réponds donc clairement au supérieur qui veut tout savoir de ma vie d'enfant, de ma vie d'homme, puis de ma vie de vieux. Je raconte sincèrement.

Le starets me répond qu'être un moine, a dit saint Théodore, c'est vouloir accoster à une rive calme où finira tout le labeur d'une cuisante misère.

— Être un moine à votre âge peut être une voie vraiment difficile. Mais nous verrons, n'est-ce pas ? Voulez-vous lire les règles qui gèrent le monastère ? Ce sera un premier pas de franchi. Frère Seraphim s'occupera de tout cela et moi, de temps en temps, je vous verrai.

— Merci, starets.

Il ne bronche pas, incline un peu la tête et je me retrouve à la porte. Frère Seraphim m'y attend.

— Avez-vous besoin de quelque chose ? me demande-t-il devant ma cellule.

« Oui, de vous », voilà ce que j'aurais envie de lui dire. Enfin, comment peut-il parler un si bon russe sans accent ? Il est bien d'ici, non ? Et puis, il a des pensées, des enthousiasmes, des rêves, ce jeune homme. Il m'aiderait un peu, je crois.

Il est parti. La petite lampe de chevet, sur une table de nuit collée au lit, éclaire l'icône devant laquelle brûle une veilleuse. Comme chez ma grand-mère !

Elle me disait, agenouillée, en me tirant le bras pour que je m'agenouille aussi : « Iouri, je vais demander au ciel de te protéger. Fais-en autant. » Suivant mon degré de sagesse, elle me lançait une gifle qui m'expédiait sur la route ou me donnait une tartine de pain couverte de confiture de mûres. Nous les avions cueillies ensemble, ces mûres, au hasard des chemins, dans les broussailles du bois, au beau milieu des étés.

« Aide-toi fortement », m'a dit le starets en refusant de me tendre la main. Mais pourquoi, en vérité, me l'aurait-il tendue ? On doit savoir tout seul ce qu'on veut.

Ce soir, dans le noir de la cellule vaguement éclairée de la petite veilleuse, j'ai prié avec une ferveur depuis longtemps oubliée.

Au petit matin, une bourrasque glacée m'est tombée sur la tête. L'aube tentait de chasser les ténèbres, j'étais tout pressé, tout joyeux, j'avais chaud dans mon lit, l'esprit était en paix, reconnaissant à Dieu, et je me suis précipité sur le livre donné par frère Seraphim la veille. Quelles étaient donc ces règles qui régissent le monastère et par là même ma propre vie ? Dès la première page, je sais que le starets ne veut pas de moi comme novice. Il a jugé. Je ne serai qu'un hôte libre d'aller et venir à sa guise, comme je l'entends. Pas de règle pour moi, pas de travail, pas de communauté. Est-ce que c'est Joe qui… Non, non, ce n'est pas lui… Pas ça tout de même !

PAS DE TRAVAIL. Mais alors, que vais-je faire ? Et pourquoi cette épreuve terrible ?

V

Qui pourrait bien me dire, que, hop, la porte du monastère à peine refermée sur vous, la vie du dehors ne vous colle plus à la peau ? Bien trop souvent, à mon gré, la maison de Los Angeles est venue vers moi. Les longues jambes de Joe arpentaient les pièces, la formidable stature de Kitty se dressait contre le soleil, les télévisions criaient, Neal chantait « *Hello, Dolly* » et Harry refusait d'aller vers la faille de San Andreas. John Ford aussi apparaissait avec son affection. Parfois même, la chaleur sèche de la Californie caressait mon visage et la piscine brillait sous les éclats d'étoiles.

Jamais je ne les ai voulues, ces images qui surgissaient en intruses, malignes et tenaces. Je lisais la vie de saint Théodore et, brusquement, les mots m'échappaient. Devant moi, des pas mouillés séchaient instantanément sur le carrelage, le peignoir rouge cerise de Mary traînait à terre. Lorsque frère Seraphim, dans la bibliothèque, me dirigeait vers un rayon, je n'entendais plus le petit moine. Quelqu'un d'autre criait à mon oreille : « Ça y est, la grille d'entrée est encore coincée ! »

Les nuits aussi m'ont assailli. Je rêvais sans arrêt. Un rêve poursuivait l'autre. Je me souviens encore d'un cheval très gros, très lourd, qui allait et venait dans un pré. Sur un chemin boueux marchait à sa rencontre un homme malingre au chapeau rabattu sur les yeux. Tout à coup, le cheval disparut derrière un nuage de corbeaux dont les ailes brunes, collées les unes aux autres, avaient l'air de palpiter de colère. Et l'homme se mit à courir vers le cheval.

Un matin aussi, je me suis réveillé, brisé par la corde au nœud coulant qui avait quitté sa place. Elle était maintenant au-dessus du plancher de bal, flottait en l'air, libre, sans support. Le ciel était clair, la corde avait gardé sa couleur d'ambre et Joe s'amusait à y passer la tête tandis que le plancher du bal tournait doucement sur la pelouse. Neal, les manches de chemise retournées sur ses gros bras cuivrés, hurlait en agitant la main : « Monsieur Manège, Monsieur Manège. » Joe tournait sur lui-même en traînant la corde qui se tressait de plus en plus vite autour de son cou. J'ai alors poussé un cri terrible qui m'a réveillé.

Dans les années 20, à Chicago, sur sa rivière qui coulait tranquillement entre deux rangées de maisons, il y avait des petites passerelles, au moins six, qui enjambaient l'eau calme. Un certain dimanche, Genia et moi, nous nous sommes amusés à les franchir, par jeu, l'une après l'autre. Nous avions enfin trouvé du travail, l'avenir ne semblait pas un ogre et la robe bleue de Genia était aussi bleue que le ciel de ce jour-là.

C'est ce qui me revient dans les longues nuits de ma cellule, qui me fait penser à la première chambre que nous avons eue dans un pauvre quartier de la ville. La table, je l'avais trouvée jetée dans la rue. Le lit, un Russe nous l'avait donné. Et nous avons ainsi vécu. Avec nos deux bras, nos deux jambes, notre jeunesse des vingt ans, nous savions que tout irait mieux un jour.

Genia me manque. Chez Joe, j'étais plutôt content qu'elle ne voie pas tout ce « tralala ». Ici, je voudrais bien qu'elle ne m'ait pas quitté. Il faut dire que les hôtes qui arrivent, surtout pendant le week-end, me donnent beaucoup de ces idées-là. Je suis avec eux au réfectoire et frère Seraphim en a profité pour déguerpir. Je ne suis plus seul, j'ai des compagnons qui viennent « se recharger », m'a dit l'un d'eux.

— Vous comprenez, ça fait beaucoup de bien, ça fait réfléchir.

Ce n'est pas vrai. Ils restent très peu dans leur cellule et vont, deux à deux ou plus, dans la partie du monastère permise. Ils ont apporté tous leurs tracas. Ils accusent la vie de voler, tuer, violer, piller, de faire trop d'esclaves, trop de drogués, trop de chômage. Tristesse, indifférence, solitude.

— Ah, l'Amérique a bien changé !

C'est évident. Il n'y a plus de bals publics, la nuit dans les parcs de Chicago. On ne peut plus y aller sans se méfier. Le charleston, c'est bien fini !

— C'est notre faute, ai-je dit à ce découragé.

Il est petit, un peu corpulent, des jambes trop courtes et sa main grassouillette bondit en avant, vers moi, pas du tout d'accord :

— Moi je, moi je, je, je, je…

Ah, mais non, il n'est pas d'accord, c'est la faute des autres ! Pensez donc : « Moi, je ne ferais pas de mal à une mouche… Si tout le monde était comme moi… »

Je me suis éloigné doucement, mais un autre m'a harponné. Celui-ci est grand et maigre, l'air d'un âne avec son nez si curieux. Même sa voix a l'air de braire :

— Avez-vous des enfants ? Ah, oui, vraiment, un fils ? Et que fait-il ?

Est-il lui aussi dans les conserveries de poisson comme Reynolds ? Je n'en sais rien. Joe ne parle que d'argent, pas de métier.

— Il travaille trop, ai-je murmuré.

Peu à peu, avec tous ces visiteurs, je suis devenu muet, prétextant de forts maux de gorge. Dès que j'en vois un, j'enroule mon cou dans une écharpe qui ne me quitte pas.

Après les chaleurs humides de l'été si lourdes à supporter, où chaque mouvement entraîne une sueur moite, l'été indien est là. Les érables flamboient dans l'air frais. À perte de vue, non loin du monastère, une forêt roussit et se dore. Des centaines de moineaux s'abattent dans les noisetiers encore feuillus, roussis eux aussi. Ce caquetage incessant me donne une âme légère. J'aime le chant des oiseaux.

Une après-midi, près de la porte du monastère qui s'ouvre sur les champs, un petit chat miaulait comme un perdu dans un buisson. Il s'égosillait de terreur, a planté ses griffes sur un revers de ma veste, n'a plus bougé et s'est tu, calculant peut-être que, dans son cas, le silence était d'or.

— Je peux le garder, frère Seraphim ?

— Oui, puisque vous êtes un hôte. Sinon, il faudrait demander la permission au supérieur.

Un hôte, un hôte, je suis avide d'être bien davantage. C'est un maigre chemin et une rude épreuve. L'inaction surtout. Je me sens inutile. J'ai soif d'un autre mouvement, celui de la vie quotidienne. Du travail, un accomplissement. Enfin laver ses mains sales, le soir, avec joie…

Ce mouvement de mauvaise humeur me fait honte. Pourquoi demanderais-je plus qu'on ne veut me donner ? Il y a des règles, ici, non ? Le chemin n'est pas si étroit que je le dis. En fait, c'est parce que je ne suis pas un bon chrétien, et le starets l'a bien compris.

Tout à coup, j'ai très peur d'être jugé par tous ces moines qui me saluent de la tête : « Il est venu ici pour un peu d'exotisme, une fantaisie de vieux richard. Il disparaîtra comme il est arrivé. » Pourtant, j'assiste à tous les offices, j'ai déjà lu l'évangile selon saint Matthieu et l'évangile selon saint Marc. Je me presse dès que les cloches m'appellent. Et combien de fois n'ai-je pas les yeux mouillés en écoutant les chants qui ont l'air de vouloir glisser au-delà des voûtes ?

Une idée baroque me traverse l'esprit. Lorsque Neal était sorti de prison, je lui avais demandé : « Qu'est-ce que ça fait donc d'être en prison ? » « C'est rigolo surtout quand on sait qu'on ne va pas y rester », m'avait-il répondu.

Pour moi, c'est rigolo, ici, parce que j'y resterai toute la fin de ma vie, jusqu'à la mort.

Depuis cette petite crise, je fais de mon mieux pour honorer Dieu et, peu à peu, j'y parviens. Il y a des soirées de grâce, celles où je n'existe plus quelques secondes. Je suis loin, très loin. Ah, ces moments-là, comme je voudrais en donner un à mon fils ! Qu'il sente bien, rien qu'une seconde, ce qu'est la vraie vie. Mais jamais plus je ne jugerai mon fils. Après tout, quand il était petit, il me suivait toujours comme le chat me suit aujourd'hui. Quand j'ai été assailli par deux voyous, il avait quatre ans et il pleurait en regardant mon visage tuméfié : « Je vais les battre, papa. »

Ce mardi matin de novembre, quelques feuilles se sont lentement envolées d'un vieux marronnier, planté au-delà de la clôture du monastère. La forêt là-bas n'a pas encore bougé dans sa parure ; je regardais, assez étonné, une grappe de glycine toujours là, lorsque j'ai entendu des pas derrière mon dos. Un jeune homme venait vers moi, un bonnet enfoncé jusqu'aux oreilles et une longue écharpe cachant à moitié son visage. Deux yeux brûlants de fièvre se plantèrent sur moi.

— Vous êtes Monsieur Iouri ?

— Oui.

— Je serai votre voisin de cellule.

Encore un autre ! Un jeune, l'air souffreteux, torturé !

— Je m'appelle Gregor Raspoutine.

Le vrai Raspoutine, le moine assassiné, disait : « Tzigane, joue-moi une valse triste parce que je suis heureux. » Avec ce Gregor, on en est bien loin ! Ni gai, ni triste mais tellement agité ! Son corps ne tient pas en place. Il saute sur un pied, puis sur l'autre, secoue ses mains pour me dire qu'il vient d'arriver et que je le reverrai. Il me tourne aussitôt le dos.

Comme d'habitude, frère Seraphim est parti du réfectoire. Le jeune homme mange en face de moi, en silence, me lançant de fréquents regards de reproche. Mais pourquoi ?

La réponse arrive, fulgurante :

— Vous, là-bas, vous manquez de charité.

— Ah !

— Vous supportez de ne rien me dire ?

— Mais oui.

— Vous voyez que vous manquez de charité.

Il se lève alors et, les deux mains bien à plat sur la table, se penche vers moi pour m'invectiver. Il ne m'aime pas, je lui suis très antipathique. En moi, aucune chaleur humaine, le regard froid comme un serpent. L'homme qui regarde se noyer les autres en

163

se frottant les mains. Mais qu'est-ce que je fais ici ? Comment j'ose être ici ?

Sans que je m'y attende, il crache dans mon assiette et s'enfuit en courant vers la porte.

Me voilà avec un désaxé, un vrai. Qu'est-ce que nous allons faire tous les deux pendant une huitaine de jours ?

La porte s'ouvre avec fracas. Il revient, s'assied à la table, la tête baissée, silencieux.

— Que voulez-vous que je fasse ? dis-je calmement.

Il ne sait pas, et je reçois un regard hébété. Sa tête dodeline lentement à droite, à gauche puis en bas, en haut, comme s'il acceptait ou refusait l'histoire qui est dans sa tête. Tout à coup, il s'abat sur la table et se met à pleurer.

J'attends, incapable d'aller consoler cette tête qui tressaute. Et si, par malchance, j'allais déclencher une nouvelle crise ! Les voies du Seigneur sont impénétrables. Il m'envoie un fou.

Tandis que Gregor Raspoutine pleure, je réfléchis qu'il y a une raison pour toutes choses. Mais la vraie, celle qui me donnera le chemin à suivre ? Gregor dit que je ne suis pas charitable, je dois donc montrer que je peux l'être. Il est là pour que je l'aide.

C'est ainsi que je suis depuis des heures dans sa cellule, le derrière immobile sur ma chaise, pour une bonne partie de la nuit. Mon dos crie, mes yeux papillotent et je garde depuis le début le même sourire compréhensif qui a l'air de le calmer.

Je ne sais même plus ce qu'il m'a dit, cette nuit-là. Si, une seule chose, c'est qu'il veut être un moine et qu'on le lui interdit. Mais si l'interdiction continue, alors, il saura ce qu'il faut faire, tuer quelqu'un, passer sur la chaise électrique, le seul moyen pour lui vraiment de retrouver Dieu.

Si le Raspoutine de Russie avait la force d'un Turc, celui-ci en Amérique est doté d'une étrange énergie mentale !

Comment ai-je pu tenir pendant huit jours ? Je ne le sais pas, mais j'ai tenu devant ce jeune homme qui trépignait jour et nuit. Le jour, passait encore, en l'obligeant à marcher pendant des heures, il faisait froid, son écharpe avalait tous ses longs discours, je prodiguais des mots très doux, très gentils. Son regard fiévreux devenait touchant. Mais la nuit ! Il arpentait d'un pas lourd le plancher de sa cellule, la mince cloison vibrait. Il devait taper sur la table puisqu'il y avait aussi des coups sourds. Seul, le chat dormait. Moi, je fulminais.

Gregor est parti en me bénissant. Jamais personne n'avait été plus charitable, sensible avec lui. Et il s'est penché pour me baiser la main.

Les moines ont dû nous observer car frère Seraphim m'a dit « merci ». De ce jour, j'ai fait pendant un mois de longues siestes. Ce Gregor me trottait dans la tête. Qui était-il ? D'où venait-il ? Un nom russe, sans parler la langue du pays. Et cet anglais saccadé qui mangeait la moitié des mots ? Il s'esquivait de tous les côtés, ce malheureux.

C'est une de ces après-midi que Neal est arrivé. J'étais à moitié couché sur le lit et je cousais un bouton à une chemise. Neal a jeté un coup d'œil sur mon costume « civil » en disant :

— Ce n'est pas l'habit qui fait le moine !

Il me surprend. Il a frappé, mais je n'ai pas eu le temps de répondre. Il est là, jetant un paquet sur la table près de mon livre. Il me regarde, les yeux un peu plissés.

— Alors, grand-père, on est un peu fatigué ?

— Pas du tout !

— Alors, on se repose pour faire plaisir à son chat ?

— Voilà, c'est ça.

Il m'étudie comme on étudie un insecte. Je me lève. On va tous les deux s'asseoir à la table.

— Je suis content de vous voir, grand-père.

— Moi aussi. Alors, toujours heureux, Neal ?

Il a sa bonne odeur de lavande mais aujourd'hui pas de barrette d'or à sa cravate.

— Oui, dit-il en souriant, mais sur un chemin « terrestre »… Moi, je n'ai pas besoin d'une grande élévation de l'âme comme vous ! Mais ne rougissez pas, c'est sincère ce que je dis là !

— Oh !

— Mais oui, vous n'êtes pas là pour des prunes !

Il rit lui-même de sa familiarité, s'amuse à lancer deux ou trois regards de fausse peur vers la porte. Moi aussi, je ris, Neal respire une telle chaleur communicative. Encore une fois, il balance son bras pardessus le dossier de la chaise et croise ses jambes, avant de tirer mon livre à lui. Le titre lui arrache un sifflement qui se veut d'admiration.

— Eh ben, dit-il tout à fait décontracté, quand on lit la vie d'un saint, on ne peut plus aller au cinéma voir la vie d'une putain. Oui ou non ?

Moi, je pense que je viens de lire : « Le silence absolu est une croix sur laquelle l'homme se sacrifie avec toutes ses passions et ses concupiscences. » Que peut bien vouloir dire « concupiscence » ? Est-ce que Neal le sait ?

— Et Joe, que fait-il ?

— C'est ce que je suis venu vous dire. Il va se remarier avec une actrice.

— Mon Dieu !

— Alors, grand-père, pourquoi vous montrer si vieux jeu ? C'est une fille gentille, très travailleuse, elle vous donnera de beaux petits-enfants qui viendront vous voir dans votre couvent. Vous ferez peut-être une conversion, ce sera votre revanche ! Et je suis sérieux en disant cela, car « les voies du Seigneur sont impénétrables ».

Il y a bien une petite lueur d'ironie dans l'œil de Neal, mais je ne veux pas en tenir compte. Sur son chemin « terrestre », comme il dit, Neal se cache aussi, il n'aime pas étaler ses sentiments.

— Mais Joe, lui, Joe ?

Neal devient sérieux :

— C'est un bon garçon, vous savez… Il réussit tout ce qu'il touche, il s'enrichit, grand-père, il ne fait même que cela parce qu'il ne pense qu'à ça ! Dommage en un sens puisqu'il ne peut profiter de rien.

Un court silence coupé par Neal qui dit assez négligemment que, finalement, Joe me ressemble.

— À moi ?

— Oui, tous les deux très ambitieux, démesurés chacun dans son domaine. Vous ne croyez pas ?

— Je ne sais pas.

— Je crois que j'ai raison. Bien, je dois partir maintenant.

Son bras abandonne le dossier de la chaise, il décroise ses jambes, donne une légère tape sur la couverture de mon livre et vient se pencher sur moi en appuyant sa main sur mon épaule.

— C'est bien, vous savez, ce que vous avez fait.

— Il faut embrasser Joe pour moi.

— Bien sûr.

Je n'ai plus rien à dire. Il le sent, part et se retourne à la porte :

— Joe vous aime, grand-père.

Oui, mais pourquoi exactement ? Je n'ai même pas envie de le savoir. Au fond, cette visite de Neal me fait mesurer combien j'ai appris à aimer être seul. Tiens, j'ai oublié de lui demander ce que signifie « concupiscence ». Bah, quelle importance, autant l'interpréter comme je le sens.

J'ouvre lentement le colis. Il y a une lettre de Joe : « Papa, je t'embrasse et je crois pouvoir venir assez vite. » Est-ce que je le désire ? Sincèrement pas ! Le risque d'en souffrir ? Oui, mille fois oui, pour lui comme pour moi. Nous avons tous les deux souffert dans cette immense toile d'araignée où nous étions empêtrés. Il est temps de faire une halte.

Le paquet contient des fruits frais, des fruits secs, bananes, abricots et pruneaux, des noisettes, des noix, une boîte de chocolats, des nougats et des pâtes de fruits. Quelques vitamines aussi, spéciales pour les vieux, deux pyjamas très chauds, une écharpe de cachemire (l'étiquette le dit ainsi) et un tricot écossais à col roulé.

Si j'étais un prisonnier du goulag, quel émerveillement, un tel cadeau mais aussi quelle gêne ! Que pourrais-je bien faire avec tous les autres prisonniers qui n'ont rien, en donner ? Mais ce colis est une goutte d'eau dans la mer. Déguster tout seul, quelle horreur !

Il me vient alors à l'esprit que les moines, ici, ne mangent pas de ces douceurs. Oh, bien sûr, la situation est différente, ils ne sont pas des prisonniers, mais pour moi c'est la même chose. Il faut que je partage.

Assis à la fenêtre, le chat sur mes genoux, je suis plutôt content. Monte alors une soif de prier et je ferme les yeux. Et je prie, je prie…

Bien souvent, je me suis demandé pourquoi frère Seraphim émaillait ses phrases de « ma joie » : « Comment allez-vous, ce matin, ma joie ? Avez-vous bien dormi, ma joie ? »

Il l'a dit aussi à Gregor, l'autre jour : « Alors, Gregor, ma joie ? »

Tout le visage de frère Seraphim est d'une étrange sérénité et sa voix emplie de ferveur. C'est comme si tous les êtres humains, il fallait les aimer au nom de Dieu, tous, sans exception, les recevoir en soi comme une offrande. Je commence à comprendre…

Cette fin d'après-midi, il y a un fort vent qui fait s'envoler des centaines de feuilles. Le ciel est bas, de lourds nuages viennent de l'Océan et courent vers je ne sais où. En cette fin de novembre, l'été indien s'achève. C'est le moment des semailles, des plantations, mais je suis condamné à ne rien faire. Un petit pincement au cœur, une douce nostalgie sur tous ces sapins, tous ces sycomores, tous ces bouleaux que j'ai plantés là-bas, à Chicago. De grands arbres aujourd'hui…

Les cloches sonnent et se répondent. Je secoue ma torpeur. L'espoir revient : « Un jour va venir où je me remettrai à l'œuvre », et me fait trouver les chants plus beaux que jamais. À l'unisson, toutes ces voix chantent la gloire du Seigneur. C'est magnifique.

Au réfectoire, j'ai donné le paquet à frère Seraphim qui l'a pris simplement. J'ai failli lui parler de ce fichu samovar en or toujours ficelé dans le placard. La honte m'a submergé. « C'est bien avant que j'aurais dû le faire ; de quoi ai-je l'air aujourd'hui ? Non, non, il faut attendre un autre moment. »

Tout en me servant, frère Seraphim a bien voulu me dire que Gregor Raspoutine était un peu dérangé, mais qu'il était envers et contre tout son prochain.

— En le recevant, nous avons reçu le Christ lui-même, a terminé le frère.

— Son nom aussi est étrange.

— Il est assez courant en Russie.

— C'est vrai. Il y avait deux Raspoutine dans mon régiment, mais chaque fois, n'est-ce pas, on pense à l'autre, le terrible moine.

Le vent ne cesse pas. Des rafales font gémir les montants de ma fenêtre et j'aime cette fureur. Bientôt, la neige va venir et j'aime aussi la neige.

VI

C'est ainsi que six mois ont passé. Depuis long-temps, j'espérais que le starets m'appellerait. S'il le voulait, il pouvait me prendre comme débutant, un disciple de la vie de labeur, non en moine accompli, bien sûr.

J'ai donc attendu et je ne peux vraiment pas dire que je me suis ennuyé. L'hiver était particulièrement rude, plus d'un mètre de neige noyait tous les alentours du monastère. Et il neigeait toujours.

J'allais me promener tous les jours du côté où frère Vassili bataillait avec sa pelle pour tracer des chemins. Et je passais, faisant semblant de ne pas le voir. Frère Vassili est le jardinier. Il ne m'a jamais parlé, il marche en baissant les yeux, les deux mains enfoncées dans les manches de sa robe noire. Moi, je fixe ses souliers qui sont anormalement grands. Des souliers de géant. Tous les jours de cet hiver, il a été là, courbé sur sa pelle, nettoyant les allées. Bon Dieu, comme ce serait plus facile à deux !

Enfin, un jour ou l'autre, le starets va bien me convoquer ! Il voit que j'ai tenu, que ma valise est bien rangée sur le haut du placard, que je me suis conformé à tous les ordres, que je suis solide, bon à aider…

De temps en temps, il y a bien une petite hantise chez moi. Qu'il ne m'enlève pas le chat. J'ai le droit de le garder mais à une condition, c'est que le starets l'accepte. Frère Seraphim a bien dit cela. J'obéirai, bien sûr, mais le cœur bien lourd. Ce chat est un bon compagnon. Il ne parle pas, ne me distrait pas, et son ronronnement accompagne bien souvent mes prières. Il est heureux, je le suis aussi. Et j'attends avec sérénité…

C'est Joe qui, le premier, est venu vers moi, dans un costume très sérieux bleu marine foncé, cravate bleu marine sur fond de chemise blanche. Son pardessus était lui aussi bleu marine et coupé comme celui des grands chefs d'entreprise américains qui imitent les Anglais. Joe est arrivé très solennel, le visage un peu contracté. Visiblement, il n'était pas à l'aise dans le parloir où il m'attendait. Frère Seraphim m'avait trouvé au fond du jardin, très froid en ce début de mars. La veille, il avait fait très beau et le soleil avait emporté des pans entiers de neige. Devant les plaques qui subsistaient, de-ci de-là, je supputais que, très vite, on pourrait jardiner. J'étais en plein pari : « Le starets sait bien que je suis un jardinier, donc cette semaine il va m'appeler. »

— Votre fils est au parloir. Voulez-vous le recevoir dans votre cellule ?

Quelle est l'humeur de Joe ? Je n'en sais rien. Être dans ma cellule le rendrait plus à l'aise, oui, bien sûr. Mais le risque de l'entendre hurler ou de le voir s'oublier dans de grands gestes fous ?

— Je vais au parloir, dis-je au frère Seraphim.

Joe semble bien calme, assis au fond de la pièce. Il vient aussitôt à ma rencontre, sourit, me serre dans ses bras. Il préfère que nous repartions au fond du parloir. J'avoue avoir un peu peur car ses yeux étudient mon visage.

— Tu as changé, papa, tu as forci, on dirait même que tu as grandi ! Alors, c'est que tout va bien ?

— Oui, Joe, tout est bien.

— Donc tu ne rentres pas avec moi à la maison ? me provoque-t-il en souriant.

— Tu le sais bien, dis-je doucement, je vais vers la paix, Joe. Oh, très doucement, bien entendu, mais elle a déjà fait un tout petit pas dans mon âme. J'ai beaucoup de chance, fils, je te dois beaucoup parce que tu m'as mis sur le chemin.

C'est alors le cri du cœur, la main instinctivement sur la poitrine :

— Moi !

— Sans toi, je serais à Chicago, j'y mènerais la vie que j'ai toujours connue… Tu as été presque une sorte de guide.

Cette révélation n'est pas pour Joe. Pourtant, je le vois tenter l'impossible, chercher à s'accrocher :

— Tout de même, papa, cette… vocation, tu ne l'as pas eue enfant ?

— Alors, je ne me serais pas marié !

— Bien sûr, c'est vrai.

Il y a un lourd silence. Il faut que j'aide mon fils, que nous allions tous deux très loin sur ce chemin. Il risquerait de se lasser et je ne veux pas que mon fils s'en aille.

— Parle-moi de ta femme.

— Je ne me suis pas marié, de te dire pourquoi, je serais bien incapable de le savoir moi-même ! Je me demande même si je suis un homme qui peut se marier.

Mais alors, c'est vrai ce qu'il me disait ! Nous vivrions tous les deux ensemble, on se ferait une vie d'homme, on irait aux courses… Les courses, mais alors, tout mon argent placé ? Cet argent qui pourrait servir à peindre la façade nord de la petite chapelle en si mauvais état. J'ai eu alors une très mauvaise pensée. Je suis aussi son héritier. Et s'il lui arrivait malheur…

J'ai dû montrer une mine très sombre car Joe s'est inquiété :

— Tu n'es pas bien ?

— Si, si. Parle-moi de la maison, de Kitty, enfin de tout.

Il en a fait très vite le tour. Ce qu'ils sont n'intéresse pas Joe. Uniquement ce qu'ils font et ce qu'ils font bien pour lui. Kitty n'est qu'une espèce d'ombre dans sa bouche. John rien du tout. Le jardinier non plus, et la beauté de ce mois de mars, si chaud là-bas, qui donne tant de variétés de fleurs, Joe ne lui accorde pas une seule pensée.

Tout à coup, je suis très triste. Jamais, je n'ai eu tant envie d'aider mon fils, mais par quel bout commencer ? Que faire ? Je ne le vois plus que comme un garçon seul, misérable. Si frère Seraphim disait « ma joie », est-ce qu'il comprendrait ? Non-non-non, il ne comprendrait pas. J'ai beau me raisonner, c'est l'envol de mille pensées tumultueuses. C'est l'angoisse, l'angoisse désespérée. Je serre mes poings très fort, jusqu'à les briser.

J'entends Joe me dire :

— Mais au fait, tu n'es pas habillé en moine ?

— Non, pas encore.

Je ne vais pas lui dire que je ne suis pas du tout un moine. Avec sa manie de faire tout plier devant lui, il serait bien capable de vouloir exiger du starets que je le sois sur-le-champ. Et alors, je serais mis à la porte. Que Dieu m'en préserve !

Maintenant, Joe est sur son terrain :

— Tu joues aux échecs ici ?

— Non.

— Tu sais, j'ai vu Dick Rangers l'autre jour ; il sortait du club lorsque je passais et il te regrette bien ! Il t'appelle un grand champion. Tu devrais te perfectionner papa, aller de l'avant…

— Ici, Joe, il y a mieux à faire.

— Ah !

À nouveau, nous sommes dans le gouffre. Joe n'a aucune idée de ma tentative. C'est vrai que tout finit par paraître misérable, son costume, ses pensées, ses paroles. Et lui qui ne doit pas être loin d'en penser autant ! Mon Dieu, ai-je mérité tant de souffrance ?

— Bien, il faut que je parte maintenant, mais je reviendrai, dit Joe.

Est-ce si utile de nous revoir ? Être aussi impuissants devant l'amour, ne jamais se rejoindre au moins pour une brève joie, espérer autant d'une rencontre et se tromper sans cesse ! Mais le plus terrible, je crois, c'est de sentir mon fils si loin de l'idée du mystère. Je pense qu'il n'a jamais levé les yeux devant les millions d'étoiles en se disant que, quand même, il se passe bien quelque chose là-haut. Peut-être même pas Dieu, mais un mystère tout de même !

Me voilà encore en train de ressasser les mêmes choses ! Mais enfin, il faut bien que j'accepte ce qui est et non pas ce que je voudrais. J'ai accompagné mon fils jusque devant la loge du portier. Là, Joe a poussé une exclamation : « Et moi qui oubliais… » Il a sorti son portefeuille, m'a tendu une liasse de dollars que j'ai pris tout simplement devant l'œil du portier.

— Joe ?

— Oui.

— Je pourrais avoir l'argent que j'ai gagné aux courses ?

Joe est estomaqué. Son regard appelle une explication. Je la connais, elle est simple : « Enfin, ne me dis pas qu'ici, tu as besoin de tout cet argent ! »

— J'ai quelques projets, tu sais… Je te dirai un jour…

— Bon, bon, je donnerai des ordres pour qu'on te l'envoie.

Il est monté dans sa voiture, garée à quelques pas de la porte. Je l'ai vu s'éloigner, le cœur un peu serré.

Ce soir, je m'en veux à mort. Aucune de mes longues prières n'a réussi à me calmer. Enfin, que suis-je pour exiger tant des autres ? Un vieux prêcheur, satisfait de lui-même. JOE N'EST PAS MOI ! Alors, mon amour du prochain, justement ce « ma joie » de frère Seraphim ? Neal a bien dit : « Vous avez la même volonté de puissance que votre fils ! » C'est Joe qui, finalement, fait ce qu'il peut. Il est gentil, généreux. De quel droit lui demander davantage ? Ma cuisante misère, ce soir, je la mérite bien !

Et puis il y a eu un craquement léger dans la cloison, non loin de l'icône. Un éclat fugitif sur la lumière de la veilleuse est venu jusqu'à moi. Tout mon emportement s'en est allé. Je ne suis plus qu'un petit lac tranquille après la tempête.

Dieu est miséricordieux. Il m'a envoyé un signe ?

C'est alors que le starets m'a fait appeler. En allant vers lui, le couloir du monastère me paraissait plus grand, plus lumineux. Un rayon de soleil s'était glissé à travers une porte-fenêtre et jouait sur le parquet ciré. Il me saluait ; d'ailleurs, tout me saluait aujourd'hui. Les oiseaux s'égosillaient à me chanter la fête, le cèdre du Liban, celui que je préfère, m'a semblé avoir un mouvement de branche lorsque je suis passé dans le parc, et même le frère Alexeï, l'ascétique qui ne sait pas vous regarder en face comme tous les distraits, m'a adressé un sourire, oh, très léger, mais enfin, c'était quand même un sourire !

Et pourquoi donc vais-je vers le père en songeant que l'an prochain, parce que je serai un jardinier, je ferai ce même chemin avec une poignée de petits pois dans ma main ?

Vraiment, je me sens un peu fou... Que l'on accepte, Seigneur, surtout que l'on accepte !

— Vous êtes-vous senti très seul ? me demande le starets.

Mon cœur bat devant ce vigoureux vieillard au visage émacié dont les yeux lumineux ne quittent pas les miens. Que dire ? Bien sûr, j'étais seul, surtout quand les autres me harcelaient ; bien sûr, j'ai été seul, puisque aucun moine ne s'est jamais intéressé à moi ! Ne parlons même pas de frère Seraphim qui n'ouvre la bouche que par devoir. Bien sûr que je me suis senti seul lorsque je n'ai pu être le compagnon de frère Vassili qui chassait la neige à grands coups de pelle !

Le starets semble deviner à qui il a affaire. Comment s'en sortir lorsque ses yeux saillants vous transpercent ? Il sait, lui, ce qu'est le mensonge, ce mensonge où je travestirais la vérité parce que j'ai peur. Alors je dis tout, et j'ajoute aussi que je me suis ennuyé sans m'ennuyer, parce que j'aime travailler. C'est beau pour moi de savoir donner.

— Il était bon que vous subissiez la solitude, dit sa voix lente. Êtes-vous sûr de vouloir entrer dans notre communauté ?

— Oui, starets.

Un court silence. Il semble qu'il ait encore un doute. Que dire alors, que dire pour…

— Bien. Vous pouvez rejoindre notre communauté. Vous serez novice et, dans six mois, nous verrons si vous pouvez être un moine de notre monastère. Connaissez-vous au moins toutes nos règles ?

— Oui, starets, je les ai lues… Toutes.

Qu'est-ce qu'il désire que je fasse ? Quel travail ? Qu'il le dise vite ! Il a lu en moi puisqu'il me répond que je remplacerai le frère vestiaire.

C'est dans le brouillard que je l'entends me dire que je surveillerai toute la lessive, je compterai toutes les pièces avant de les donner à laver, je les compterai à nouveau, une fois la lessive faite, vérifierai si le linge est propre, le distribuerai à tous les frères chaque samedi soir, recevrai le dimanche matin leur linge sale à la place convenue.

— Vous devez également nous apporter tout ce qui est dans votre cellule.

— Je peux garder la photo de mon garçon, enfant ?

— Non.

Un « non » irrévocable.

Mon chat alors ? Devrais-je le chasser ? Le starets ne m'en parle pas. Je me tais prudemment.

Il se lève. Je me lève.

— Frère Seraphim va vous aider. Et que Dieu soit avec vous.

Les tricots, les costumes, les pyjamas, les souliers, les bottes remplissent vite mes deux valises. Là-dedans, un passé qui s'achève, un passé révolu. C'est ce que font les veufs ou les veuves quand leur compagnon quitte la terre.

Frère Seraphim porte les valises ; moi, le samovar en or, l'icône et le portrait de Joe. Le chat, à chaque pas, manque de passer sous la semelle de mon soulier. Il flaire le danger et me serre de près. Je tâte ma poche comme je peux. Oui, j'ai bien les sous et mon chéquier.

Enfin, la maison des moines. Dès le porche passé, je suis dans un autre monde, le passé est déjà loin derrière moi, effacé par la longue robe de frère Seraphim qui bruisse à chaque pas.

Puis les valises disparaissent, puis mes mains et mes poches sont vides et je n'ai plus sur moi qu'un froc noir de drap grossier, serré par une ceinture de cuir avec une grosse boucle en fer. À mes pieds, des souliers de cuir ordinaire qui semblent très solides. Le frère vestiaire me tend deux chemises, une paire de caleçons, un essuie-main, trois mouchoirs et une skoufia qui servira à me couvrir la tête. J'aurai pour faire mon lit un drap de lit, une taie d'oreiller à changer une fois par mois, une couverture épaisse et un petit oreiller.

On doit aussi me couper les cheveux. Dans les temps de tristesse que nous traversons, c'est un signe de pénitence.

— Saint Théodore a aussi dit, ajoute le frère Seraphim, que le port de cheveux longs est plutôt la coutume de ceux qui vivent dans la solitude.

C'est vrai que mon fils porte des cheveux assez longs. Comme il a besoin de toutes mes prières !

— Ah, ma joie ! dit frère Seraphim.

Il a préparé ma nouvelle cellule, voisine de la sienne, sous les combles. Cellule vaste, aérée. Un lit, une table, et dans le coin une icône de la Vierge devant laquelle brûle la veilleuse. En face du lit, une image du Christ qui tend les bras.

Si je suis émerveillé, c'est parce qu'un écriteau, épinglé à la droite du lit, en belles lettres cyrilliques, présent de frère Seraphim, me dit ceci : « De tous ces globules que tu contemples, il n'est pas jusqu'au plus petit qui, dans son mouvement, ne chante comme un ange. »

— Ah, ma joie ! répète frère Seraphim, tout heureux de mon enthousiasme.

Alors, tout, tout, tout peut chanter comme un ange, la sauterelle, la feuille, l'herbe, un moineau, le ciel, la terre, les vagues, les vaches, les bœufs !

— Racontez-moi, dit frère Seraphim.

Depuis qu'il sait que je suis né sur les bords de la rivière Satis, je lui suis devenu très cher. Que son saint à lui, celui qui porte ce nom de Seraphim, ce saint vénéré de toute la Russie, ait vécu dans la forêt de Sarov qui appartient à ma région lui a arraché des larmes de gratitude. C'est une grâce envoyée par Dieu. Que je lui raconte donc tout ce que je sais…

Il reste ainsi sur un tabouret de ma cellule, sage, silencieux, les mains jointes sur sa robe. J'invente souvent un peu pour qu'il ait envie de rester. Mon Dieu ! Si je savais peindre cette silhouette, ces mains d'enfant, ce rayonnement du visage qui attend tout de Seraphim de Sarov.

Bien des années, je devrais garder cette dernière image de lui, car il n'est jamais revenu dans ma cellule ! Je l'ai rencontré une fois, à la bibliothèque, en allant chercher un livre après mon travail. La Semaine sainte approchait et frère Seraphim peignait des œufs de Pâques pour de vieux émigrés, seuls et pauvres, au Brésil.

— Vous m'aideriez si je vous disais que je suis en retard ? m'a-t-il demandé.

Je me suis mis au travail. Je devais peindre ce que je sentais, des rayures, des triangles, des visages de saints et de saintes, mon père, ma mère, tous les miens.

— Tu sais que leur visage est la représentation de Dieu ? dit le petit moine fluet en faisant courir le pinceau.

J'ai fait ce que j'ai pu, surtout des rayures et des triangles, sur toutes ces petites coquilles que je tiens entre deux doigts.

Frère Seraphim me raconte avec enthousiasme qu'il y avait en Italie, au beau milieu du XVIIIe siècle, un petit moine qui ne pouvait rien apprendre. Si on lui donnait des assiettes à laver, il les laissait tomber. Mais ce petit moine savait s'envoler. Il poussait un cri guttural et s'envolait. Le pape l'a convoqué mais n'a pu l'interroger. Le petit moine était déjà sous les voûtes de Saint-Pierre. Mais toujours, lorsqu'il s'éveillait, il ne savait plus ce qu'il avait fait ! Un jour, il s'est réveillé sur une branche de marronnier. Et les moines ont dû dresser une échelle pour le délivrer.

— Elle est belle, cette histoire, dit frère Seraphim d'une voix très lente.

Qu'est-ce qui s'est passé alors ? Brusquement, ses yeux sont devenus fous ; une exaltation lui a fait battre sa poitrine des deux mains :

— Comprends, il faut comprendre… Je parle trop, les paroles ne sont que les outils de ce monde et moi, moi qui ne suis qu'une vieille pie… C'est le silence qui donne la force et la sagesse.

Il se jette à genoux sur le carrelage, pleure et gémit. Une voix saccadée, des mots incompréhensibles.

Que faire ? Rien. Il ira mieux s'il se retrouve seul. Je vais donc doucement vers la porte. Si j'ouvre la bouche, ce ne sera plus le silence. Il faut respecter cela. La porte se referme sans bruit derrière moi.

Chez nous, dans notre vieille mère la Russie, on gémit, on pleure et on chante facilement. Nos émotions sont toujours suivies de grandes surexcitations, comme si le monde entier devait savoir nos tourments et nos joies. Mais frère Seraphim, ce jeune Américain élevé si loin de chez nous et qui n'avait rien perdu de notre nature, il m'a ému et j'ai prié pour lui, ce soir, dans ma cellule où la clarté d'une pleine lune baignait le moindre recoin. Les tons argent de l'icône brillaient étrangement et il m'a semblé deux ou trois fois que l'image de la Vierge sortait de son cadre. Que c'est bon, le rêve tranquille. Si tout chante comme les anges, alors ma cellule doit aussi chanter et je m'imagine, enfoncé sous ma couverture parce qu'il fait un peu froid, que je vais m'endormir avec une musique céleste que je n'entends pas.

Frère Seraphim a choisi sa voie et notre starets en a convenu. Le petit moine fluet fait une retraite dans sa cellule. Il ne voit qu'un frère qui lui apporte un peu de nourriture en s'arrêtant devant la porte. Frère Seraphim prend l'assiette sans dire un mot et s'enferme à nouveau.

Plus tard, il est parti vers la Russie sans que je le revoie. Là-bas, il y a beaucoup de travail, les âmes n'y sont pas sèches et demandent de l'aide. Le starets a dit à toute la communauté que, chez nous, il y avait la joie d'un renouveau religieux et que frère Seraphim y serait bien utile.

Combien de fois, dans les années qui allaient suivre, lorsque j'allais atteindre l'âge de ma mort, j'ai entendu la voix claire et enthousiaste de frère Seraphim me dire à l'oreille, avec une certaine malice : « Ma joie, ma joie. » Pourquoi y ai-je tant pensé ? Parce que je l'aimais et qu'il était sur ma terre. Lui revoyait les bouleaux de chez nous, les grands tilleuls dorés, et puis ces groseilliers et ces framboisiers de mon enfance, au fond du jardin de ma grand-mère que l'on pillait chaque nuit pendant la grande famine. Et nous avons eu très faim, nous aussi. Mais le traîneau, qui aurait pu le manger ? Il doit bien être encore là, sous la remise ? Ah, il en verra des choses, frère Seraphim, que je ne verrai plus jamais. Je suis trop vieux forcément, moi, pour partir.

— Le Christ est en premier avec les animaux, m'a dit le starets.

Alors, j'ai gardé mon chat.

Que j'aime ma vie d'aujourd'hui ! Vraiment, je suis au service des moines et dans le moindre détail. Qu'il vienne à manquer un bouton, qu'un moine ait omis de me rendre le parapluie prêté, qu'une botte soit en lambeaux ou un talon de soulier usé, c'est moi qui dois prendre toutes les décisions. Et dans ce compte permanent de chemises et de caleçons, de draps de lit et de taies d'oreiller, dans cet échange de propre et de sale, je passe des heures. Il est loin le temps où, le cœur serré, j'avais dû accepter ce travail. Mais il est humble et généreux, ce travail !

Cependant, à la récréation de chaque jour, je m'approche de frère Vassili le jardinier, un vigoureux vieillard qui a la force d'un garçon de vingt ans. Sa longue barbe lui donne un aspect vénérable et ses yeux noisette, très vifs, sont plus clairs que son teint brûlé par les intempéries.

Plutôt ombrageux, deux choses le rendent prolixe, les arbres et les ruches du monastère, et puis son amour pour le pays. J'ai pu donc apprendre que son père avait été tué pendant la Première Guerre mondiale, que sa mère avait pris un train pour tenter de trouver un peu de nourriture dans la campagne et qu'elle n'avait jamais plus reparu à Moscou. Pendant trois jours, il était resté terré dans leur logement, il pleurait, il avait peur. Mort de faim, il était finalement sorti, avait volé au marché puis avait rencontré une bande d'enfants abandonnés qui tuaient et pillaient dans la ville. Un jour, il s'était trouvé devant une dame qu'il n'avait pas pu dévaliser.

— Je voulais et ne pouvais pas. Elle me regardait avec une telle compassion que je la détestais et la craignais tout à la fois. Elle m'a amené chez elle. Nous avons partagé le peu qu'elle avait. On lui avait pris sa grande maison mais elle avait encore deux pièces. Ce qui était frappant, c'était sa façon de partager tout très exactement. Si les morceaux de pain avaient été mis sur une balance, ils n'auraient pas pesé l'un plus que l'autre. De ses deux mains, elle soupesait rapidement, ajoutait un peu de mie ou un croûton à l'un ou l'autre des morceaux. Parfois, je refusais son offrande. Elle maigrissait si vite, la peau collait à ses hautes pommettes. Pourquoi se priver à ce point ? Dehors, j'aurais trouvé si facilement… Du chou, de la farine, des pommes de terre. Et pourquoi pas une bouteille de vodka ? Mais elle lisait en moi et me fixait d'un regard froid : « Tu ne voleras pas, Vassili, parce que le vol est une malédiction. Sais-tu que tu prends à quelqu'un qui en a besoin pour sa *propre* vie ? Ne vole plus jamais, Vassili, parce que tu me perdrais. » J'ai obéi parce que je ne voulais pas perdre cette nouvelle mère. Et puis, un jour, il est arrivé un drame. On l'a chassée de sa maison, deux pièces étaient trop pour elle… « Je ne veux pas quitter ma maison, j'y suis née, mes parents aussi. J'en mourrai, Vassili, j'ai peur dans cette ville. Tout n'est que danger, violence, prison. Vassili, mon petit… » « Non, il faut partir très loin ! » J'avais seize ans, le couteau à cran d'arrêt de mes temps héroïques, prêt à lutter contre la terre entière s'il le fallait.

Frère Vassili a eu un sourire qui se moquait de lui-même :

— On a pris bien des trains, on a marché à pied des centaines de verstes, on a couché sur le sol des isbas, on a vu des vaches lécher leurs petits veaux et les bœufs traîner la charrue pour les hommes, répondre à leurs coups par le dévouement.

« La terre russe est bien grande », conclut-il.

Son visage a changé. Une contraction subite des lèvres. Des yeux préoccupés lorsqu'il m'a dit que Moscou était très dangereux depuis quelques mois, depuis la « liberté », avec ses criminels, son racket, ses boutiques incendiées.

— On risque de jour et de nuit, à chaque carrefour. Et je pense à frère Seraphim. Dieu veuille qu'il échappe aux dangers !

Mais alors, c'est partout la même chose ! Ici, on ne peut pas dire qu'il y a la sécurité ! Qu'est donc l'homme ? Peut-être que l'humanité a toujours agi ainsi, qu'elle n'a jamais su marcher droit ! Mais si ! Tout change avec les anges, alors, alors… C'est trop difficile pour moi.

Longtemps, particulièrement lorsque j'ai rejoint frère Vassili dans les travaux de jardinage, j'ai espéré qu'il terminerait son histoire. Il avait passé bien des frontières, traversé comme moi l'Océan. Pourquoi ? Comment ? Je n'en ai jamais rien su. Pendant notre travail, il était muet comme une tombe, même lorsque j'aurais eu besoin de quelque conseil. Jamais il n'a enfreint la règle du silence. Mais lui aussi avait la prière au bord des lèvres. Il devait prier constamment. La première fois que j'ai eu la pelle-bêche entre mes mains, j'ai failli pleurer. Tout secoué de souvenirs. Surtout pour l'anniversaire de la mort de Genia. Le 1er mai approchait et ce serait la première fois que je n'aurais pas envoyé un chèque au cousin Pavlov pour fleurir la tombe ! Je n'ai plus un sou, je n'en aurai jamais plus. Mais Joe, lui, en a ! Dix fois, j'ai voulu lui écrire, et dix fois je n'ai pu. Oh, il y a bien longtemps que je lui ai pardonné sa terrible phrase : « C'est ton chien, pas le mien ! », mais s'il me la donnait de nouveau, que le starets qui ouvre toutes nos lettres tombe dessus ? Peur ? Oui, j'ai très peur...

Ce soir, il me faut soigner le chat. Il a l'air d'avoir une angine. Et le frère cuisinier me donne un peu de lait et de miel que je mélange. Un docteur est bien venu pour un frère malade, mais un chat ? Non, non, il faut se taire, faire confiance à Dieu, il m'aidera...

Subitement, je n'ai plus eu peur d'écrire à Joe. Pourquoi choisir des mots pour lui plaire ? De toute façon, ce sera « oui » ou « non ». Je le connais, mon fils, il est imprévisible. J'écris donc ce que je veux écrire.

Mon fils,
Ta mère est morte un 10 mai et le temps
approche où il faut fleurir sa tombe. Comme

tous les moines de la terre, je n'ai plus rien qui m'appartienne. Veux-tu, s'il te plaît, envoyer vingt dollars à Pavlov ? Tu rendras heureux ton vieux père.

Je t'embrasse. Merci, Joe.

Iouri Voronine

Un mensonge dont il faudra me confesser. Je ne suis pas encore un moine. Là, je triche pour l'émouvoir.

Alléluia, il l'a fait, il a envoyé cinquante dollars (c'est trop, beaucoup trop). Il m'embrasse lui aussi, il dit qu'il est heureux de me faire plaisir, qu'il ne m'oublie pas. Mais il ne dit pas qu'il viendra. Peu importe. La joie est en moi. Même s'il n'a pas osé me dire non, il a fait cet acte et c'est cela qui est important. C'est un grand jour de fête avec une sorte d'exultation qui secoue ma vieille carcasse. Vais-je me jeter à genoux, gémir et souffrir comme l'a fait frère Seraphim ? Non, j'ai seulement joint mes mains devant l'icône. Et, aux chants du soir, j'ai communié avec une ferveur jamais encore ressentie. Joe est peut-être un grand pécheur, mais il m'a entendu. Il a beau être vulgaire, dur, méchant, il y a eu un coin de son âme qui a chanté. Sa mère doit le bénir là-haut et ses prières descendent vers lui.

Dans l'église où retentit un cantique populaire russe, je suis un homme nouveau, c'est comme si j'étais autre, avec un cœur qui bat différemment dans une lumière immense.

Mon Dieu, que tout est bien !

Doit-on payer un tel moment qui n'a plus ni soupir ni crainte, où le corps d'un homme n'est plus que torrent de vie et joie de vivre, où le cœur bon et sensible accepterait de recevoir sur la joue gauche la gifle qu'il vient de recevoir sur la joue droite ? Car vous n'êtes plus que reconnaissance. Doit-on vraiment payer ce moment divin ?

En pleine nuit, la veilleuse n'éclairant plus que l'Image noyée dans les ténèbres, je me réveille en sursaut. La poitrine bat très fort, la peur est encore dans ma tête, mais je suis heureux d'être vivant, vivant, loin du cauchemar qui glaçait mon sang. Pourtant, tout au début du rêve, un visage inconnu était venu se poser au creux de mon épaule, caressant, brûlant de tendresse. Un souffle chaud glissait sur mon cou. Très vite, le souffle chaud est devenu glacé. Le visage s'est déplacé, est venu devant moi. Ses yeux dilatés, ni bons ni méchants, voulaient m'aspirer. Il me fallait suivre et je refusais de le faire. Alors, j'ai saisi un tournevis et une clé et j'ai fait une croix. Le visage s'est alors tordu de douleur. Une odeur de soufre est entrée en moi, a brûlé ma gorge.

Les babouchkas de mon village craignaient le soufre. Elles se signaient, l'œil craintif, dès qu'on en parlait. La poudre jaune était pestiférée. Et ma grand-mère affirmait qu'une isba ne doit jamais en recevoir. Elle la gardait sur une étagère, dans la remise.

Combien de temps suis-je resté ainsi, assis dans mon lit, heureux que ce rêve ne soit qu'un rêve, mais malheureux puisqu'il avait détruit toute ma joie. Pourquoi, pourquoi donc ? Qu'est-ce que j'ai encore fait ?

— Un moine doit accepter les offenses et les calomnies, m'a dit mon confesseur au petit matin ; il doit être semblable à une vieille savate usée jusqu'à la corde. Il doit être comme le drap que le drapier frappe, foule aux pieds, peigne, lave, afin de le rendre blanc comme neige.

Mon drapier, c'est le diable. Il m'a frappé, foulé aux pieds. Serais-je blanc comme neige pour cela ? Est-il possible de parvenir au bout de ce chemin ? Et moi, à mon âge, en aurai-je le temps ? Dieu peut tout ce qu'il veut, mais me veut-il ?

À la récréation, devant mon air abattu, frère Vassili me dit que la gaieté n'est pas un péché, bien au contraire, elle chasse la fatigue qui donne trop souvent le découragement. Et le découragement, c'est pire que tout !

Peut-être… Peut-être… Mais comment sourire ou rire avec la crainte qui me ronge ! Et si le diable gagnait ? Toute la semaine, je suis dans un tel état d'agitation que mes mains tremblent en mettant en terre des plants de verveine. Je m'arrange toujours pour tourner le dos à frère Vassili. Qu'il ne soupçonne surtout rien ! Pendant tous les offices, je ne suis plus que distraction. Ouvrir la porte de ma cellule devient un cauchemar. Et s'*IL* avait éteint la veilleuse qui brûle jour et nuit ? Me voilà abandonné, prisonnier de ses griffes !

Je ne dors plus, mais je prie avec le flanc du chat tout contre moi.

— Vous maigrissez beaucoup, m'a dit le starets en m'arrêtant lorsque nous sortions du réfectoire.

— Je vais bien.

— Rien ne vous torture ?

— Si, le diable, starets.

Je lui dois la vérité, mais je rougis. Et je dois aussi avoir l'air effrayé et honteux, car il sourit en me disant que le diable ne tente que le meilleur des hommes.

Une consolation, sûrement, mais qu'est une consolation dans une poitrine désolée ?

Quelques jours plus tard, il nous lit en assemblée une lettre de frère Seraphim, très enthousiaste. La foi est toujours là, car l'âme russe est inséparable de la religion orthodoxe. Un grand nombre espère, croit en la prédiction de la Vierge qui a promis de sauver la Sainte Russie. Et un vieux prêtre, revenu d'un camp, lui a affirmé que jamais un athée ne réussirait à asservir le peuple russe. Un jour viendra où tout sera purifié chez nous, lui a encore dit ce vieux prêtre.

Frère Seraphim, dans un beau style, parle de la nature, de tous ces oiseaux qui chantent parce qu'il fait chaud et que le soleil brille. Il a aussi vu deux vieillards jouant aux échecs sur le banc d'un parc, avec l'échiquier sur leurs genoux.

Il est même allé au couvent de Diveyevo et il nous raconte l'histoire de Pasha, la folle en esprit qui avait vécu comme une bête dans des grottes et des tanières de la forêt jusqu'à son arrivée au couvent, où elle accepta une cellule et s'habilla de couleurs vives. L'annonce du malheur lui faisait toujours remettre ses vieilles nippes et verser trop de sucre dans la tasse d'un visiteur atteint par le sort. C'est ce qu'elle fit pour le tsar Nicolas II venu en visite. Il demanda alors de rester seul avec elle et sortit bouleversé de la cellule de Pasha. « Rappelez-vous ce que le saint de Sarov disait aussi : la vie sera courte alors. Les anges auront à peine le temps de ramasser les âmes. » Frère Seraphim est maintenant à Leningrad et la ville n'a rien perdu de sa beauté, particulièrement dans les couchers de soleil sur la Neva. À la Pentecôte, la cathédrale Saint-Vladimir était décorée de jeunes pousses de bouleaux. De l'herbe et des fleurs jon-chaient le sol. Et le chœur arrachait des larmes à de vieilles femmes.

Je n'ai rien connu de la Neva ni des couchers de soleil sur la ville de Leningrad. Mais le soleil rouge qui étendait sa clarté sur la steppe et les charrettes qui revenaient des champs, tout cela, oui, est présent en moi.

Frère Seraphim a foulé ma terre. C'est moi qui, aujourd'hui, s'il était là, m'assiérais à sa place, sur l'escabeau, pour l'entendre. Je l'obligerais à me dire tout, même la couleur de la terre sèche… Est-ce cela qui m'a fait pousser hardiment la porte de ma cellule ? J'ai affronté la guerre, les masses de neige dans mes bottes trouées. Un camarade m'a frotté le nez parce qu'il allait geler, j'ai couché à même le ventre de mon cheval pour me réchauffer, dans la mitraille qui crépitait au-dessus de nos têtes. Hardi et intrépide, je l'ai été et je vais l'être encore. Au diable, la crainte !

Les nuits calmes sont revenues. Je poursuis mon labeur de moine dans des journées qui sont trop courtes. Frère Vassili va toujours au bout de ses forces et, avant-hier, il a dû s'aliter. Il se faisait un souci d'encre pour une race de chenilles qui prolifèrent. Il parlait de les recueillir et de les brûler. Je lui ai suggéré de les donner aux oiseaux. Ils aiment les vers, ils aimeront les chenilles. Et si, dans tous leurs mouvements, ces chenilles chantaient elles aussi comme des anges ? En entrant dans le gosier des oiseaux ?

Frère Vassili m'a regardé sans broncher. Dans ce regard bleu qui vous observe avec bonté, j'ai lu un certain doute. Et s'il avait raison ? Que j'exagère trop, que je m'enflamme sans pouvoir m'arrêter de débiter pas mal de sottises !

Il m'a quitté brusquement, l'air très fatigué. Je l'ai vu traverser la cour, le dos courbé, les deux bras ramenés sur sa poitrine, puis disparaître. La récréation terminée, je l'ai cherché partout. Il n'était pas dans le parc, ni devant le monastère, ni dans la cabane à outils. Notre règle dit : « Quelles que soient les circonstances, amène ton travail là où tu dois le conduire. » J'ai donc travaillé seul et un peu malheureux. Cette longue carcasse, vive et rapide, aussi silencieuse que la terre, me manque, ces brefs regards pour juger du travail me manquent. Frère Vassili jardine mieux que moi. Ses fleurs éclosent en force et en beauté. Très souvent, il les caresse du bout des doigts et je lui ai même connu parfois un regard ému.

Maintenant il est malade et couché dans sa cellule. Le diagnostic est sombre. Cancer du pancréas. J'ai pu le voir, une seule fois, sur sa demande.

Arrêté sur le seuil de sa cellule, j'attendais respectueusement son appel, mais il ne me voyait pas ; son regard poursuivait un éclat de soleil qui jouait sur le plafond. Je me suis alors avancé à petits pas et il a tenté un sourire. Son visage est atrocement jaune. Plus de vie dans ses yeux bleus de ciel mais une infinie souffrance. Sa main calleuse glissait vers moi, j'ai approché la mienne, il l'a pressée en insistant de petits coups de doigts comme s'il m'envoyait un message. Que voulait-il me dire, qu'il me confiait ses fleurs, les binages, les sarclages, les ruches, sa terre, bien sûr, oui, bien sûr…

— Oui, je promets, je prendrai bien soin de tout. Vous savez, les impatiens sont magnifiques et les dahlias rouges aussi.

Je souriais, penché sur lui, et ses doigts continuaient à tapoter les miens. Son regard allait vers l'icône de la Vierge accrochée face à lui. Il fallait redresser un peu frère Vassili pour qu'il la voie. Il n'a pas poussé un cri lorsque je l'ai bougé, mais son visage m'a paru si douloureux que j'ai failli le remettre à plat… J'aurais eu tort ! C'est ce qu'il voulait, frère Vassili ! Miraculeusement, il semblait ne plus souffrir. À nouveau, son regard a brillé mais pour une seconde seulement. Il a mordu si violemment ses lèvres qu'une goutte de sang a jailli. J'ai reposé son pauvre corps tout doucement. Et, dans un immense élan d'amour, sur un souvenir qui venait, je me suis élancé comme un idiot. Dans les premiers temps où je l'ai connu, il m'avait dit au moment d'une récréation qu'il n'y avait pas de coucou en Amérique du Nord et qu'il le regrettait bien ! Il l'avait tant de fois entendu en Russie dans ses pérégrinations vers le chemin de l'exil…

Perché sur une branche,
Le petit coucou lançait son appel,
Coucou, coucou, coucou.
Mon petit coucou,
Continue à chanter
Dis-moi donc combien
Ai-je encore d'années à vivre ?

Me voilà, moi, en train de chanter doucement cette vieille complainte russe en un moment pareil ! Grand Dieu, mais alors je ne suis qu'un étourneau avec une toute petite cervelle ! Frère Vassili, en réponse, m'a adressé un sourire qui devait lui coûter du sang ! Son confesseur m'a dit : « Vous lui avez fait plaisir, ne vous sentez donc pas coupable ! », mais voilà, je ne me pardonne pas pour autant ! La nuit suivante, j'ai couché sur le carrelage de ma cellule. Le sol était froid, les douleurs montaient dans mon dos, ma jambe droite s'ankylosait et mon estomac a commencé à me faire souffrir. Pourtant, j'étais heureux. Cette punition me réchauffait le cœur. Maintenant, deux fois par semaine, je continue à m'allonger par terre pour éprouver le même plaisir. Il me semble bien que je *donne* à frère Vassili, que je *l'honore*, mais que cet acte va beaucoup plus loin, sans que je puisse en mesurer consciemment le sens.

Frère Vassili est mort un mois à peine après notre entrevue. J'ai perdu mon compagnon. Un autre est venu le remplacer, frère Igor, que je n'aime pas du tout ! Il vient me trouver à la récréation, discourt en parlant entre ses dents, l'œil inquisiteur, les mains volubiles, essayant de fureter dans ma vie. Sa nervosité me fait peur, mais il n'est pas question de l'éviter, il s'accroche à moi, n'hésite pas à entrer dans l'indiscrétion.

— Alors, vous avez presque soixante-dix ans ? Et vous avez été marié ? Ce doit être dur tous ces changements, il faut du temps avant d'échapper à une vie facile !

Qu'est-ce qu'il dit ? Pourquoi parle-t-il de vie facile ? Mais alors, demain, il va avancer le nom de Joe !

Frère Igor continue, s'approche à tout petits pas pour mieux m'envelopper. Je le sens venimeux, pas du tout charitable et surtout envieux. Qu'est-ce qu'il fait donc ici ? Frère Vassili m'avait dit il y a long-temps : « Il n'est pas bon, il doit aimer le mal. Et il ne pardonnera pas facilement au starets de ne pas l'avoir choisi à la place de frère Seraphim. On ne l'a pas choisi, il ne l'oubliera pas ! »

Mais pourquoi s'attaquer à moi ? Ma récréation est maintenant une appréhension constante… En sortant du réfectoire, il est derrière moi, on dirait que ses mains vont me saisir. « Va de ce côté de la cour, c'est le coin que je préfère, au nord. On y sera tranquilles, toi et moi », semble-t-il me souffler. Me sent-il donc un être faible ? Ou veut-il déclencher ma colère ? Tout se passe comme si frère Igor avait décidé de me faire expier. Qu'il soit capable d'une telle ténacité me le rend odieux. Vais-je en parler au starets ? Non, je ne suis pas un homme qui dénonce. Alors, tandis qu'il parle, je me récite mentalement « Ma joie, ma joie » et, depuis une semaine, j'ai trouvé une phrase qui me rend supportable son contact : « Mon Dieu, faites que je ne m'amuse pas à me faire peur. » Je peux affronter frère Igor, il sait que mon regard n'est plus le même. Mais il ne lâche pas pour autant. Jusques à quand ?

Je l'oublie pourtant. Dès que je suis avec mes abeilles, leur vol incessant m'entraîne dans l'ardeur de vivre. Tous ces petits corps frémissants qui vont, viennent, tous ces bruissements en envol me captivent. Je rêve sur le merveilleux de la vie. Comment penser que tout, sur la terre, est arrivé comme un caprice ? Le Tout est bien trop organisé. C'est ce que mon général m'avait dit un jour, sur le champ de bataille. Ce soir-là, il n'y avait pas trace de combat. Pas le moindre sifflement de balle. Les étoiles très brillantes nous regardaient et moi je pensais : « Elles doivent nous prendre pour des imbéciles. Dans quelques heures à peine, tout risque de recommencer : les canons, les obus, moi avec un trou dans le front, mon cheval les jambes brisées. Des cris partout, ceux des nôtres, ceux de l'autre côté... Quelle absurdité ! Et pourquoi ? Elles ont raison les étoiles, elles ne se battent pas, elles ! »

Mon général pensait tout autre chose. Il a dit tout haut : « Le Tout est bien trop organisé pour que Dieu en soit absent. Regarde, Iouri Borissovitch, ce point là-bas, c'est l'Étoile polaire. »

— ... Se perdre par là-bas, échapper à tout ceci, a-t-il murmuré pour lui-même.

Il pensait, bien sûr, à notre révolution. Lui qui, avant les troubles, était joyeux et fort, qui plaisantait avec moi dès que je venais le servir, ne s'était pas voûté. Non, cela c'eût été une honte pour lui : il vivait plutôt dans le silence. Il paraissait réfléchir très fort, ne s'oubliant qu'au moment de la bataille. Alors il se lançait avec frénésie, comme s'il voulait mourir... Que penser d'un général devenu chauffeur de taxi ? Et frère Igor lorsqu'il est en prière ?

Une abeille vient de me piquer. « Que fais-tu ? Et ton travail ? Tu rêves beaucoup trop, allez, allez, va-t'en d'ici ! » semble-t-elle me dire. Avec trois brins d'herbes différentes je frotte la minuscule piqûre et je vais chercher ma pelle-bêche. Il y a là-bas, bien exposé au sud, un petit coin abandonné où pousseraient très bien des roses trémières.

Je les vois déjà, sur leur longue tige, d'un rose éclatant qui éclaire les vieilles pierres. Et je travaille jusqu'à ce que les cloches de mon église annoncent l'office de six heures. Comme je les aime, ces cloches du soir !

Qu'a fait encore frère Igor pour être si près de moi à l'église ? Il y a quelques mois, mon drapier, c'était le diable. Maintenant c'est un mauvais moine. Mais est-ce que c'est vrai, tout ce que je pense ? Je l'épie, le malheureux. Il semble pourtant être bien plongé dans la méditation ! Pas du tout décidé à me persécuter. Est-ce que c'est avec ce flot de mauvaises pensées que je vais m'offrir les portes du Paradis ? « Alors, mon Dieu, ai-je prié, si frère Igor est mauvais, il ne me reste plus qu'à lui pardonner. Sait-il seulement ce qu'il fait ? Me chasser du monastère ? Ces quelques insinuations malfaisantes valent-elles la peine de l'éviter ? »

Je le retrouve maintenant, à chaque récréation, en me forçant tout de même un peu. Il mesure mes forces. Il peut le faire, car je pourrais lui crier que c'est ma première victoire depuis mon entrée au monastère. Il ne me changera pas, frère Igor. C'est une certitude.

Combien de fois le mal vient-il dans notre vie ? À l'improviste, surtout quand on ne l'attend pas ! Les yeux de Joe avaient le regard de frère Igor lorsqu'il avait dit un jour à table que « possession » avait le maximum de « s » et que ça l'amusait beaucoup. Mais il y avait le regard de Joe ! Alors, c'est que ce mot porte malheur ! Tous ces « s » qui sifflent comme des serpents…

Je me signe très vite et, pour la première fois depuis que nous sommes ensemble, je vois le chat me fixer, la pupille dilatée. Que veut-il ? A-t-il suivi mes pensées ? Et si c'était le signe de croix qui l'intriguait ?

— Qu'est-ce que tu as ?

La pupille se rétrécit et lentement le chat tourne la tête pour m'ignorer. D'un bond, il saute. Il miaule maintenant à la porte. Je cède. Il file par la porte entrouverte. Il m'abandonne. Pourtant j'avais bien besoin de lui !

Aujourd'hui la pelle a brisé mes reins. Trop d'heures en plein vent. Vers trois heures de l'après-midi, le ciel s'est brusquement obscurci, de lourds nuages ont roulé de l'ouest, serrés les uns contre les autres. Sur la colline, les branches ployaient et, dans le bois voisin, un gémissement glissait entre les troncs d'arbres. Le vent siffle toujours. Comment laisser la fenêtre entrouverte pour que mon chat revienne ? Je vais l'attendre, veiller, oui, mais alors, un flot de pensées va venir comme d'habitude. On m'a toujours dit que les vieux se penchent beaucoup sur leur enfance. Ils vont chercher là le meilleur de leur vie. Pour moi, en tout cas, c'est vrai.

Ce soir, je revois le grand bouleau non loin de l'isba d'Olga Tchernenkova, l'amie de grand-mère. Olga était volumineuse, bien plantée, des yeux noirs de Tartare, des joues qui craquaient de chair, une voix sautillante de petite fille. Olga vous donnait toujours un grand coup amical dans le dos dès qu'elle vous rencontrait…

— Tu regardes le bouleau, Iouri ? C'est mon père qui l'a planté pour le premier jour de ma venue sur terre. Tu vois, il est aussi beau que moi !

L'arbre était magnifique avec ses branches qui avaient l'air de parler, mais Olga Tchernenkova était laide, toute bouffie des pieds à la tête.

— Elle ment, me disais-je.

Déjà, j'avais appris qu'il faut dire certaines choses mais en taire d'autres. Olga riait en me lançant sa forte main sur mon dos de huit ans. Je chancelais.

— Hé, hé, disait-elle, toi, tu ne manges pas assez de soupe. Veux-tu grossir et grandir ?

Olga Tchernenkova me rendait triste. On ne m'admirait jamais. J'étais petit et maigre, mais à mon frère qui est mort à quinze ans, on disait toujours : « Ah, qu'il est beau ! Regardez ses yeux, ils ont une âme. » Pour me réconforter, je lui donnais des coups de pied.

Et si tous les moines de la terre, ce soir, faisaient comme moi, égrenaient leurs mille souvenirs, soupiraient un peu, soulevaient leur cœur d'allégresse, fermaient les yeux pour revoir des villes, des campagnes, des bouleaux, des visages, entendaient des gronderies, des légèretés, assistaient à des drames, parlaient de l'amour qu'ils ont pour Dieu, voyaient des regards ironiques ou incrédules car Dieu est rare dans les âmes.

Au fond, qu'est un moine ? Il a un passé, il n'aura pas de futur, car, pour lui, le temps qui vient est tout empreint de l'image divine qui contient toutes les villes, toutes les campagnes, les bouleaux, les hommes et les bêtes, enfin tout puisque c'est Lui qui a tout créé. Sans sa permission, la terre ne serait qu'une boule froide qui roulerait parmi les étoiles. Elle pourrait exploser, être avalée par un trou noir ou se fixer sur la queue d'une comète… Non, seul le Bon Dieu sait et il ne songera jamais à un péché si je pense à Olga Tchernenkova, dans mon lit avec la nuit qui m'enveloppe. Je finirai quand même par me plonger dans la prière et penser qu'aucun de mes songes n'est aussi beau que la promesse du ciel.

Je l'ai affirmé à frère Igor en lui disant que jamais je ne voudrais plus que ce que j'ai ici.

— Et l'ambition ? m'a-t-il répondu.

— L'ambition, c'est de très bien faire son travail. Un point, c'est tout. Si je garde ma pelle-bêche dans mes mains, elle qui fait des miracles, je mourrai heureux, infiniment reconnaissant.

Il m'a semblé qu'il réfléchissait un peu mais…

Au starets qui m'a convoqué, j'ai dit aussi à peu près la même chose.

— Je le sais, a-t-il dit, et je sais aussi que vous serez un bon moine. Le conseil a décidé de vous admettre dans notre communauté. Vous y serez frère Iouri et vous vous occuperez du jardin potager en remplacement de frère Igor qui part pour la Grèce.

Que de grâces, mon Dieu. Est-ce que j'en mérite autant ? Et pourquoi donc ? Pourquoi ?

— Voulez-vous aller rendre visite à votre fils ? dit alors le starets.

Tout à coup, c'est un profond désenchantement… Le starets, lui aussi, se méfie de moi ! Lui aussi, comme frère Igor, pense à me replonger dans une vie « facile » ! Non, cela ne sera pas. Aucune tentation du monde, s'il y a tentation de sa part, ne me fera céder… La plantureuse Kitty, Harry le désaxé, John Ford et sa Cathy, Neal et ses jeux, enfin Joe fou de rage devant une abeille passant devant moi l'espace d'un éclair.

Qu'en ferais-je ? Ils viendront, bien sûr, dans mes songes. Ce ne seront que des images du passé, même s'ils veulent me parler. Seulement, on ne répond jamais à des images ! Mais les voir en chair et en os, entrer dans un flot de paroles, d'exclamations, de demandes, de questions, c'est au-dessus de mes forces. Ma pauvre tête n'y résisterait pas ! Je n'aime plus que le silence. J'en ai besoin comme de mon propre sang.

— Non, starets, dis-je, j'espère que mon fils viendra me voir et je serai très heureux de sa venue.

« Je n'ai qu'un seul vœu à formuler, me dis-je. Lorsque Joe viendra, il doit accepter ma dernière demande, transférer le corps de sa mère ici, dans notre cimetière. Alors ce sera moi qui apporterai des fleurs à Genia. »

— Comme vous l'entendez, m'a-t-il répondu.

Aujourd'hui, je n'irai pas vers mon jardin où reste un coin de terre à travailler. Les bourgeons ont éclaté, l'été est venu, toutes les fleurs de frère Vassili sont là, belles, serrées les unes contre les autres, dans les massifs. C'est une belle journée sèche sur les collines d'érables où s'élancent des vols d'hirondelles.

Aujourd'hui, c'est le grand jour et, tout à l'heure, je serai un moine. Je serai frère Iouri.

VII

« Mais qu'a donc le patron ? » se demandait Lilian Cherry, le récepteur vissé contre l'oreille et soutenu par son épaule. La voix de Joe Carson Lincoln vibrait étrangement d'une secrète émotion, bien contrôlée pourtant, mais elle le connaissait si bien ! Le roc était touché quelque part. « Si je voyais seulement son regard, je saurais », pensa-t-elle.

Au même moment, la porte du bureau s'ouvrit :

— Alors ma jolie, ça boume ! plaisanta Neal.

Elle lui sourit en regardant les manches de sa chemise bleu pâle retroussées sur des avant-bras longs et bronzés. Mon Dieu, que cet homme était attirant !

Il s'assit sur le coin du bureau, face à elle :

— Vous pensez au magnat colombien pour demain ?

— Oui. Monsieur Joe vient de me dicter les dernières instructions à ce sujet.

— Parfait, dit-il en se levant, je m'en occuperai tout à l'heure. En attendant, je vais le voir…

Dans son bureau, Joe était immobile, la tête entre ses coudes appuyés sur la table. Neal s'arrêta, interdit, sur le pas de la porte. Joe ne bougeait pas, il ne l'avait même pas entendu entrer. Le Joe capable de soulever la montagne la plus terrible sans qu'un de ses cils ne cillât, s'était affalé contre une table ! Jamais, pas une seule fois, Neal ne l'avait vu ainsi !

Il s'approcha lentement, lui tapa sur l'épaule :

— Alors, que se passe-t-il ?

— Mon père est mort cette nuit, dit Joe en relevant la tête.

— Oh, merde !

Neal avait toujours aimé ce vieil homme têtu et intéressant. Il avait du chagrin, tout à coup. Trois mois à peine qu'il l'avait vu et Iouri Voronine, tout maigre dans sa robe noire, le visage émacié mais l'œil brillant, lui avait dit : « Que mon fils sache que je suis heureux et tranquille. Vous lui direz, Neal, n'est-ce pas ? »… « Il va venir, grand-père… » avait répondu Neal. « Oh ! » avait seulement répondu le vieux moine en lui tapant affectueusement sur le bras.

— Il faut que j'y aille, dit Joe en se levant et en commençant à arpenter la pièce nerveusement.

— Je peux y aller à ta place ? proposa Neal.

— Ah, non !

C'était le cri du cœur.

— C'est à moi de le faire. Toi, tu t'occuperas du Colombien…

Plus tard, Neal se demanda pourquoi il avait eu cette réaction en s'avançant vers Joe.

— Moi aussi, je veux y aller, dit-il tranquillement, parce que j'aimais ton père. Tu comprends ?

— Oui.

— Et le Colombien, on le verra. Remettons le rendez-vous avec un télex.

Neal nota l'hésitation de Joe : « Il n'osera pas dire non », paria-t-il avec lui-même.

En fin de soirée, ils arrivèrent au monastère sous une tempête de neige. Deux fois ils avaient fait fausse route, trompés par la nuit et un sentier de forêt qui ne conduisait qu'à une ferme isolée.

Iouri Borissovitch Voronine reposait dans sa cellule sous la lueur des bougies, veillé par un jeune frère aux cheveux longs, le menton enfoui sous une barbe noire.

Dès qu'ils s'approchèrent, il quitta la pièce sur une inclinaison de tête. Aucun des trois ne vit le chat se glisser dans la cellule. Vingt fois, les moines l'avaient écarté et, vingt fois, il avait réussi à rentrer chez lui.

Joe était debout, immobile, regardant son père. Dans sa longue tunique noire, un corps si frêle. Les yeux fermés dans un visage serein, Iouri Voronine paraissait dormir, ses mains usées, sans anneau de mariage, croisées sur la croix. Et Joe regrettait à la fois son amour et sa haine pour lui. Tout aurait dû se passer autrement…

« Que se disent-ils tous les deux ? » songeait Neal, debout dans un coin où les grands yeux orientaux de l'icône, éclairés par la lueur de la bougie, semblaient le fixer pensivement.

C'est alors qu'il vit dans le renfoncement le chat, les pattes sous son corps, qui attendait sur la défensive, les yeux mi-clos. Il était maintenant un vieux chat à la fourrure fatiguée. Devant Neal vint l'image lointaine du vieux moine allongé sur son lit, la main caressant la tête de son chat. C'est bien ainsi qu'il les avait vus tous deux lorsqu'il était venu, un jour, à l'improviste ?

Joe s'approchait de lui pour dire à voix basse :

— Le supérieur m'attend. J'y vais.

L'higoumène lui donna une petite boîte de carton en précisant qu'il y avait une montre, une alliance et quelques fleurs séchées.

— Votre père tenait à ce que vous les ayez.

— Merci.

— Je dois aussi vous dire que frère Iouri nous a honorés durant tout son séjour. Simple et humble, toujours reconnaissant, toujours égal d'humeur, il a très bien accompli sa tâche. Dieu lui a accordé de partir sans maladie ni souffrance, mais comme un homme qui a terminé son labeur. Son dernier mot a été pour vous : « Miroslav. » Vous devez comprendre, n'est-ce pas ?

— Oui, je comprends.

— Maintenant, allez vous reposer.

Dans le long couloir où les flocons de neige treillageaient, épais, les grandes fenêtres, Joe, allant vers son père, cherchait fiévreusement l'air du « petit oiseau » entendu mille fois pendant son enfance.

La mélodie et les mots arrivèrent enfin clairs, comme dictés par une voix compatissante, et il les chantonna entre ses dents :

Ах, попа̀лась, пти́чка, стой!
Не уйдёшь иэ се́ти,
Не расста̀немся с тбо́й
Ни эа что на све́те!…

… Ве́рно, ве́рно, пти́чка, ты
Не снесёшь нево́ли!
'Ну, так Бог с тобо́й, лети́
И живи́ на во́ле!

Petit oiseau, te voilà
Pris à notre piège.
Tu ne t'échapperas pas
Malgré ton manège…

… S'il est vrai que tu ne peux
Vivre dans la cage
Soit ! À la grâce de Dieu,
Pars et sois heureux !

Lorsqu'ils quittèrent le monastère, Neal emportait le chat.

Du même auteur :

La Vache multicolore, Gallimard, 1962.
Le Gentil Liseron, Gallimard, 1963.
La Route du whisky, Gallimard, 1964.
Portrait d'un séducteur, Gallimard, 1965.
La Marche du fou, Gallimard, 1967.
La Vie de famille, Gallimard, 1969.
Les bêtes n'aiment pas l'amour des hommes, Gallimard, 1972.
Dans la nuit des deux mondes, Gallimard, 1973.
Ann Lee rachète les âmes, Julliard, 1978.
Le Porteur de Dieu, Julliard, 1979.
Madame le Président de la République française, Stock, 1981.
Une goutte de poison, Ramsay, 1987.
Le Destin de Iouri Voronine, Éditions de Fallois, 2005, Grand Prix du roman de l'Académie française.

Achevé d'imprimer en décembre 2006 en France sur Presse Offset par

BRODARD & TAUPIN

GROUPE CPI

La Flèche (Sarthe).
N° d'imprimeur : 39039 – N° d'éditeur : 80286
Dépôt légal 1re publication : janvier 2007
LIBRAIRIE GÉNÉRALE FRANÇAISE – 31, rue de Fleurus – 75278 Paris cedex 06.

31/1818/9